TÚNEL DE OSSOS

Obras da autora publicadas pela Editora Record:

Série Vilões
Vilão
Vingança

Série Os Tons de Magia
Um tom mais escuro de magia
Um encontro de sombras
Uma conjuração de luz

Série A Guardiã de Histórias
A guardiã de histórias
A guardiã dos vazios

Série A Cidade dos Fantasmas
A cidade dos fantasmas
Túnel de ossos

A vida invisível de Addie LaRue

VICTORIA SCHWAB

1ª edição

Tradução
Carolina Simmer

Galera
RIO DE JANEIRO
2021

EDITORA-EXECUTIVA
Rafaella Machado

COORDENADORA EDITORIAL
Stella Carneiro

EQUIPE EDITORIAL
Juliana de Oliveira
Isabel Rodrigues

PREPARAÇÃO
Luara França

REVISÃO
Anderson Sousa

DIAGRAMAÇÃO
Ricardo Pinto

TÍTULO ORIGINAL
Tunnel of bones

CIP-BRASIL. CATALOGAÇÃO NA PUBLICAÇÃO
SINDICATO NACIONAL DOS EDITORES DE LIVROS, RJ

S425c

Schwab, Victoria, 1987-
Túnel de ossos / Victoria Schwab; tradução Carolina Simmer. – 1ª ed. – Rio de Janeiro: Galera Record, 2021.

(Cidade dos fantasmas; 2)

Tradução de: Tunnel of Bones
Sequência de: A cidade dos fantasmas
ISBN: 978-65-5981-063-5

1. Ficção. 2. Literatura infantojuvenil americana. I. Simmer, Carolina. II. Título. III. Série.

21-72463

CDD: 808.899282
CDU: 82-93(73)

Camila Donis Hartmann – Bibliotecária – CRB-7/6472

Copyright © 2019 by Victoria Schwab

Todos os direitos reservados.

Proibida a reprodução, no todo ou em parte, através de quaisquer meios.
Os direitos morais da autora foram assegurados.

Texto revisado segundo o novo Acordo Ortográfico da Língua Portuguesa.

Direitos exclusivos de publicação em língua portuguesa somente para o Brasil
adquiridos pela
EDITORA RECORD LTDA.
Rua Argentina, 171 - Rio de Janeiro, RJ - 20921-380 - Tel.: (21) 2585-2000,
que se reserva a propriedade literária desta tradução.

Impresso no Brasil

ISBN 978-65-5981-063-5

Seja um leitor preferencial Record
Cadastre-se e receba informações sobre nossos
lançamentos e nossas promoções.

Atendimento e venda direta ao leitor
sac@record.com.br

Para minha família, às vezes longe,
mas sempre perto

"O passado é um fantasma obstinado, que assombra sempre que encontra uma oportunidade."
— Lara Miller

PARTE 1
A CIDADE-LUZ

CAPÍTULO 1

O metrô balança, correndo por baixo da cidade.

Sombras passam rápido pelas janelas, meros borrões de movimento, escuridão sobre escuridão. Sinto o ir e vir do Véu, as batidas dos fantasmas por todos os lados.

— Nossa, mas que pensamento agradável — diz meu melhor amigo, Jacob, enfiando as mãos nos bolsos.

— Medroso — sussurro de volta, como se eu também não estivesse assustada com a presença de tantos espíritos.

Da caixa de transporte no meu colo, Ceifador, meu gato, faz cara feia para mim, seus olhos verdes prometendo vingança por seu atual aprisionamento. Minha mãe e meu pai estão sentados diante de nós com as malas. Se eu olhar um pouco para cima, posso ver um mapa do metrô, porém, para mim, ele não passa de um emaranhado de linhas coloridas: mais parecido com um labirinto do que com um guia. Fui a Nova York com meus pais uma vez; andamos de metrô todos os dias, e eu nunca consegui me localizar.

E, naquela época, tudo estava escrito em inglês.

Jacob se apoia na parede ao meu lado, e olho pela janela de novo. Analiso meu reflexo no vidro — cabelo castanho bagunçado, olhos castanhos, rosto redondo e a câmera antiga pendurada no pescoço —, porém o espaço ao meu lado, que Jacob deveria ocupar, está vazio.

Acho melhor explicar: o termo preferido de Jacob para explicar sua condição é "limitação corpórea". Em resumo, ele é um fantasma. Sou a única pessoa que consegue enxergá-lo. (Além de uma garota chamada Lara, que acabamos de conhecer, mas só porque ela é igual a mim, ou eu sou igual a ela, alguém que atravessou a fronteira entre os vivos e os mortos e conseguiu voltar.) Se essa história toda de melhor-amigo- -morto parecer estranha, bem, ela é estranha mesmo, mas não é nem de longe a coisa mais esquisita que já aconteceu na minha vida.

Meu nome é Cassidy Blake e, um ano atrás, quase morri afogada. Jacob salvou minha vida, e, desde então, sou capaz de atravessar o Véu, um lugar cheio de espíritos de mortos que não descansaram. Minha missão é ajudá-los a seguir em frente.

Jacob faz uma careta.

— Sua missão segundo a *Lara*.

Eu esqueci de mencionar que Jacob consegue ler meus pensamentos. Pelo visto, é isso que acontece quando um fantasma salva um ser humano à beira da morte — as coisas se misturam um pouco. Como se ser assombrada por um garoto morto e clarividente já não fosse estranho o suficiente, o único motivo para estarmos neste metrô é que meus pais estão gravando um programa sobre as cidades mais assombradas do mundo.

Viu só?

O fato de Jacob ser um fantasma está começando a parecer normal

— *Para*normal — diz ele com um sorriso torto.

Reviro os olhos enquanto o metrô desacelera, e uma voz no auto- falante anuncia a estação.

— Estação Concorde.

— É aqui — diz minha mãe, levantando com um pulo.

O trem para e nós saímos, abrindo caminho pela multidão. Fico aliviada quando meu pai pega a caixa de transporte de Ceifador — esse gato é mais pesado do que parece —, e rebocamos nossas malas escada acima.

Quando chegamos à rua, eu paro, sem fôlego não pela subida, mas pelo que vejo diante de mim. Estamos parados na beira de uma praça *enorme*. Um círculo, na verdade, cercado por prédios de pedra clara que refletem a luz do fim da tarde. Adornos dourados brilham em cada superfície, das grades da calçada aos postes de luz, das fontes às varandas, e, ao longe, a Torre Eiffel se agiganta como uma lança de metal.

Minha mãe abre os braços, como se fosse capaz de envolver a cidade inteira em um abraço gigante.

— Bem-vindos a Paris.

Você pode achar que cidades grandes são todas iguais.

Mas não são. Nós viemos de Edimburgo, na Escócia, um emaranhado de pedras pesadas e ruelas estreitas, o tipo de lugar que sempre parece tomado por sombras.

Mas Paris?

Paris é ampla, elegante e brilhante.

Agora que saímos do subsolo, a batida dos fantasmas diminuiu, e o Véu não passa de um leve toque contra minha pele, uma centelha de cinza no canto da minha vista. Talvez Paris não seja tão assombrada quanto Edimburgo. Talvez...

Mas a gente não *estaria* aqui se esse fosse o caso.

Meus pais não vão atrás de contos de fadas.

Eles buscam histórias de fantasmas.

— Por aqui — diz meu pai, e seguimos por uma avenida larga chamada Rue de Rivoli, que é cercada por lojas chiques de um lado e por árvores do outro.

As pessoas passam por nós em ternos elegantes e saltos altos. Dois adolescentes se apoiam em um muro: o garoto está com as mãos nos bolsos da calça skinny preta, e a garota usa uma blusa de seda com um laço no pescoço, parecendo ter saído de um desfile de moda. Passamos por outra moça com sapatilhas brilhantes e um rapaz de camisa polo listrada passeando com um poodle. Aqui, até os *cachorros* são perfeitamente arrumados e emperiquitados.

Olho para mim mesma, de repente me sentindo desarrumada na minha camisa roxa, calça legging cinza e tênis.

Jacob só tem um look: o cabelo loiro sempre está bagunçado, a camisa de super-herói sempre está amassada, a calça jeans escura é gasta nos joelhos e seus sapatos são tão sujos que não sei de que cor costumavam ser.

Ele dá de ombros.

— Eu sigo meu próprio estilo — diz ele, nitidamente despreocupado.

É fácil não se importar com o que as outras pessoas pensam quando nenhuma delas consegue *enxergar* você.

Ergo a câmera fotográfica e observo a calçada de Paris pelo visor quebrado. A câmera é manual e antiga, e está carregada com um filme preto e branco. Ela era vintage mesmo antes de nós duas mergulharmos no rio congelado na minha cidade natal, no norte do estado de Nova York. E então, na Escócia, ela foi jogada contra um túmulo, foi aí que quebrou a lente. Uma moça muito legal em uma loja de fotografia me deu uma substituta, mas a lente nova tem um redemoinho, como uma impressão digital, bem no meio do vidro — apenas outra imperfeição para acrescentar à lista.

Mas o que torna esta câmera realmente especial é a forma como funciona *do outro lado* do Véu: ela captura uma parte do outro lado.

Apesar de não enxergar tão bem quanto *eu*, sem dúvida minha câmera vê mais do que deveria. Uma sombra do mundo sombrio.

Estou afastando-a do rosto quando meu telefone apita no bolso.

É uma mensagem de Lara.

Meu caminho cruzou com o de Lara Chowdhury em Edimburgo. Nós temos a mesma idade, apesar de ser inquestionável que ela tem mais experiência no mundo da caça aos fantasmas. Uma das suas vantagens foi ter passado os verões na companhia do espírito do seu tio morto, que sabe — sab*ia* — tudo sobre o sobrenatural. *Ele* não era um intermediário (é assim que Lara chama pessoas como nós), apenas um homem com uma biblioteca grande e um hobby mórbido.

> Lara: Já se meteu em encrenca?

> Eu: Qual é a sua definição de encrenca?

> Lara: Cassidy Blake.

Quase consigo ouvir a irritação no seu sotaque britânico sofisticado.

> Eu: Acabei de chegar. Me dá um desconto.

> Lara: Você não me respondeu.

Ergo o telefone, abro um sorriso bobo e tiro uma selfie de mim mesma fazendo uma joinha na rua movimentada. Jacob está enquadrado, mas é óbvio que ele não aparece na foto.

> Eu: Um beijo meu e do Jacob.

— *Você* está mandando um beijo — resmunga ele, lendo por cima do meu ombro. — Eu não quero mandar nada pra *ela*.

Conforme o esperado, Lara rebate do seu jeitinho.

> Lara: Fala pro fantasma ir passear.

— Ah, chegamos — diz minha mãe, fazendo um movimento com a cabeça para o hotel diante de nós.

Guardo o celular no bolso e olho para cima.

A entrada é toda adornada — vidro bisotado, um tapete sobre a calçada e um toldo que anuncia o nome: HOTEL VALEUR. Um homem de terno abre a porta, e nós entramos.

Alguns lugares são gritantemente mal-assombrados... mas este não é um deles.

Atravessamos um grande saguão resplandecente, cheio de mármore e com muito dourado. Há colunas, arranjos de flores e um carrinho de bebidas prateado com xícaras de porcelana empilhadas. O lugar parece uma loja chique, e ficamos parados ali, dois pais, uma garota, um gato e um fantasma, deixando nítido e óbvio que não pertencemos àquele ambiente.

— *Bienvenue* — diz a mulher atrás do balcão da recepção, seus olhos indo das nossas malas para o gato preto na caixa de transporte.

— Olá — responde minha mãe, alegre, e a recepcionista passa a falar em inglês.

— Bem-vindos ao hotel Valeur. Esta é a sua primeira estadia?

— É — diz meu pai. — É a nossa primeira vez em Paris.

— Ah? — A mulher ergue uma sobrancelha escura. — Qual o motivo da visita à nossa cidade?

— Viemos a trabalho — responde meu pai.

— Estamos filmando um programa de televisão — diz minha mãe ao mesmo tempo.

O humor da recepcionista muda, seus lábios fazendo um beicinho de desagrado.

— Ah, sim — diz ela —, os senhores devem ser os... *caçadores de fantasmas.*

O tom dela faz meu rosto esquentar e meu estômago se revirar.

Ao meu lado, Jacob estala as juntas dos dedos e diz:

— Pelo visto, temos uma cética aqui.

Um mês atrás, ele não conseguia nem embaçar uma janela. Agora, está procurando algo ao redor da moça para quebrar. Seu foco mira no carrinho de bebidas. Eu lanço um olhar repreensivo para ele, articulando a palavra *não* com a boca.

A voz de Lara ecoa na minha cabeça.

Fantasmas não pertencem ao intermédio, e certamente não pertencem ao lado de cá.

Quanto mais tempo ele ficar, mais forte vai se tornar.

— Somos investigadores paranormais — corrige minha mãe.

A recepcionista franze o nariz.

— Duvido que encontrem algo assim por aqui — diz ela, suas unhas perfeitamente esmaltadas digitando no teclado. — Paris é uma cidade de arte, cultura, história.

— Bom — começa meu pai —, sou historiador, e...

Mas minha mãe toca o ombro dele, como se dissesse: *Não vale a pena discutir com ela.*

A mulher nos entrega as chaves. E é nesse momento que Jacob consegue cutucar o carrinho de bebidas, fazendo uma xícara de porcelana deslizar até a borda. Eu estico o braço, segurando-a antes que caia.

— Fantasma feio — sussurro.

— Estraga-prazeres — responde Jacob enquanto sigo meus pais para o quarto.

Na Escócia, as pessoas falavam sobre fantasmas da mesma maneira como falariam de uma tia estranha ou de uma criança esquisita na vizinhança. Algo diferente, sim, mas obviamente *presente.* Edimburgo era assombrada do começo ao fim, desde o castelo até suas cavernas. Até mesmo a Fim do Caminho, a pousada fofa em que nos hospedamos, era habitada por um fantasma.

Mas aqui, no hotel Valeur, não há cantos escuros, não há barulhos sinistros.

A porta para o nosso quarto nem range quando abre.

Vamos ficar em uma suíte, com um quarto em cada lado e uma sala de estar elegante no meio. Tudo é arejado, limpo e novo.

Jacob olha para mim, perplexo.

— Quase parece que você *queria* que o hotel fosse assombrado.

— Não — respondo. — É só... estranho não ser.

Meu pai deve ter escutado, porque pergunta:

— O que o *Jacob* acha da nossa nova casa?

Reviro os olhos.

Ter um melhor amigo fantasma é muito conveniente. Ele pode entrar escondido comigo no cinema, não preciso dividir minha comida e nunca me sinto sozinha. Porém, como ele não está preso às leis *físicas,* é preciso determinar algumas regras. Nada de me dar susto de propósito. Nada de espiar quartos ou banheiros fechados. Nada de sumir no meio de uma briga.

E existem desvantagens. É sempre esquisito quando alguém pega você "falando sozinha". Mas nem isso é tão vergonhoso quanto meu pai acreditar que Jacob é meu amigo imaginário — meio que um mecanismo para eu enfrentar a pré-adolescência.

— O Jacob está preocupado por ser o único fantasma aqui.

Ele faz cara feia.

— Para de colocar palavras na minha boca.

Solto Ceifador, e ele imediatamente pula no sofá e anuncia sua insatisfação. Tenho quase certeza de que estamos sendo xingados por seu recente confinamento, mas talvez ele só esteja com fome.

Minha mãe coloca um pouco de ração em um pote, meu pai começa a desfazer as malas, e eu levo minhas coisas para o quarto menor. Quando volto, minha mãe abriu uma das janelas e está apoiada na grade de ferro fundido, respirando fundo.

— Que noite bonita — diz ela, me chamando com a mão. O sol já se pôs, e o céu é uma mistura de cor-de-rosa, roxo e laranja. Paris se espalha por todas as direções. A Rue de Rivoli lá embaixo permanece lotada, e, daqui de cima, consigo enxergar além das árvores, encontrando um trecho enorme de verde. — Aquilo — continua minha mãe — é o Tulherias. É um *jardin*, um jardim.

Um rio grande, que minha mãe explica se chamar Sena, corre atrás do jardim, e, depois dele, há uma série de construções de pedra clara, todas imponentes, todas bonitas. Quanto mais olho para Paris, mais curiosa fico.

— Ei, mãe. Por que estamos aqui? Esta cidade não parece tão assombrada assim.

Ela abre um sorriso radiante.

— Não se deixe enganar pelas aparências, Cass. Paris está *cheia* de histórias de fantasmas. — Minha mãe indica o jardim com a cabeça. — Como o Tulherias, por exemplo, e a lenda de Jean, o estripador de animais.

— Não pergunte — diz Jacob ao mesmo tempo em que mordo a isca.

— Quem foi ele?

— Bom — explica minha mãe em seu tom amigável —, cerca de quinhentos anos atrás, havia uma rainha chamada Catarina, que tinha um criado chamado Jean.

— Essa história — diz Jacob — com certeza não vai acabar bem.

— O trabalho do Jean era acabar com os inimigos da Catarina. Mas o problema foi que, com o tempo, ele acabou descobrindo segredos demais da rainha. Então, para manter sua vida régia em sigilo, ela ordenou a morte dele também. O Jean foi morto bem ali, no Tulherias. Só que, quando voltaram pra buscar seu corpo no dia seguinte, ele havia desaparecido. — Minha mãe abre os dedos da mão, como se fizesse uma mágica. — O cadáver nunca foi encontrado, e, depois disso, ao longo da história, reis e rainhas testemunharam aparições de Jean, um presságio da ruína dos monarcas da França.

E, com isso, ela se vira novamente para a sala.

Meu pai está sentado no sofá com o fichário do programa aberto sobre a mesa de centro. Exibindo um comportamento *quase* felino, Ceifador se aproxima e roça o bigode no canto do fichário.

O nome impresso na frente do fichário diz: OS ESPECTORES.

Os espectores era o título do livro dos meus pais quando ele ainda não passava de papel e tinta, antes de se tornar um programa de televisão. A ironia é que, quando os dois decidiram *escrever* sobre o mundo paranormal, *eu* ainda não tinha passado por qualquer experiência nesse sentido. Não tinha batido minha bicicleta numa ponte, não tinha caído em um rio congelado, não tinha (quase) morrido afogada, não tinha conhecido Jacob, não tinha ganhado a capacidade de atravessar o Véu e não tinha descoberto que eu era uma caçadora de fantasmas.

Jacob pigarreia, nitidamente desconfortável com o termo.

Olho para ele. *Uma... salvadora de fantasmas?*

Ele ergue uma sobrancelha.

— Você está se achando.

Reformadora?

Ele franze a testa.

— Não estou quebrado.

Especialista?

Ele reflete um pouco.

— Hum, melhor. Mas é meio simples demais.

Enfim, penso incisivamente, meus pais não sabiam de nada. Eles ainda não sabem, mas, agora, o programa de televisão me dá a oportunidade de conhecer lugares novos e pessoas novas — tanto vivas quanto mortas.

Minha mãe abre o fichário, folheando-o até a segunda aba, que diz:

OS ESPECTORES
EPISÓDIO DOIS
LOCAÇÃO: Paris, França

E, bem ali embaixo, o título do episódio:

"TÚNEL DE OSSOS"

— Bem — diz Jacob, enfático —, *isso* parece muito promissor.

— Vamos ver o que temos aqui — diz minha mãe, virando as folhas até encontrar um mapa da cidade. Números formam um caracol a partir do centro, indo de um a vinte.

— Pra que isso? — pergunto.

— São os *arrondissements* — diz meu pai. Ele explica que *arrondissement* é uma palavra francesa chique que significa *bairro*.

Sento no sofá ao lado da minha mãe enquanto ela abre o cronograma de filmagens.

CATACUMBAS

JARDIM DE LUXEMBURGO

TORRE EIFFEL

PONT MARIE

CATEDRAL DE NOTRE-DAME

A lista continua. Resisto à vontade de pegar o fichário e analisar cada uma das locações, como meus pais obviamente já fizeram. Prefiro escutar como *eles* contam as histórias, ir aos lugares e ouvir os contos da mesma forma que os espectadores do programa.

— Ah, é — comenta Jacob em um tom sarcástico —, pra que se preparar quando você pode simplesmente se jogar no desconhecido?

Deixa eu adivinhar, penso, *você era o tipo de pessoa que pulava as páginas do livro e lia o final primeiro.*

— Não — resmunga Jacob. E então: — Quer dizer, só se desse medo... ou fosse triste... ou se eu estivesse preocupado com... Escuta, não faz diferença.

Controlo minha vontade de sorrir.

— Cassidy — diz minha mãe —, eu e o seu pai estávamos conversando...

Ah, não. Da última vez que minha mãe usou sua voz de "reunião de família", eu descobri que meus planos para as férias de verão tinham sido substituídos por um programa de televisão.

— Queremos que você participe mais — completa meu pai.

— Que eu participe mais? — pergunto. — Como?

Antes de viajarmos, já tínhamos conversado bastante sobre como eu prefiro não ser filmada. Sempre me senti mais confortável atrás das câmeras, tirando...

— Fotos — continua minha mãe. — Pro programa.

— Como uma visão dos bastidores — diz meu pai. — Um conteúdo extra. A rede adoraria ter mais material, e pensamos que seria legal se você ajudasse de um jeito mais prático.

— Sem ficar arrumando problemas por aí — acrescenta Jacob, que agora está empoleirado no encosto do sofá.

Talvez ele tenha razão. Talvez a ideia não passe de um plano para me impedir de zanzar pela cidade, ter minha força vital roubada por fantasmas poderosos e ser acusada pela polícia de vandalizar cemitérios.

Mesmo assim, fico toda boba.

— Seria ótimo — digo, abraçando minha câmera contra o peito.

— Que bom — responde meu pai, levantando para se alongar. — As filmagens só começam amanhã. Que tal a gente ir tomar um ar fresco? Podemos dar uma volta no Tùlherias.

— Perfeito — diz minha mãe, alegre. — Talvez o bom e velho Jean dê as caras por lá.

CAPÍTULO 2

Chamar o Tulherias de *jardim* é tipo chamar Hogwarts de *escola*.

Tecnicamente, é o termo correto, mas a palavra não condiz com a realidade.

Quando entramos, o crepúsculo está se transformando rápido em noite. O caminho de areia é largo como uma estrada, ladeado por fileiras de árvores que arqueiam no topo, bloqueando o que resta do pôr do sol. Mais caminhos saem do principal, emoldurando extensos gramados verdes, salpicados com rosas.

Sinto como se tivesse entrado em *Alice no país das maravilhas*.

Sempre achei esse livro um pouco assustador, e o mesmo vale para o jardim. Talvez seja porque tudo se torna mais sinistro à noite. É por isso que as pessoas têm medo do escuro. Aquilo que você *não consegue* ver sempre é mais amedrontador do que aquilo que é visível. Seus olhos pregam peças, preenchendo as sombras, criando formas. Porém, a noite não é a única culpada pelo clima esquisito no jardim.

A cada passo, o Véu se torna um pouco mais pesado, e os murmúrios dos fantasmas, mais altos.

Talvez Paris seja *mesmo* mais assombrada do que pensei.

Minha mãe entrelaça o braço ao do meu pai.

— Que lugar fantástico — divaga, apoiando a cabeça no ombro dele.

— O Tulherias tem uma história e tanto — diz meu pai em sua voz de professor. — Ele foi criado no século XVI como um jardim para a realeza no palácio.

Do outro lado do Tulherias, atrás de uma área cheia de rosas dignas de serem comparadas com as da Rainha de Copas, está a maior construção que já vi na vida. Ela é tão larga quanto o *jardin* e tem formato de U, cercando a extremidade do jardim em um enorme abraço de pedra.

— O que é *aquilo*? — pergunto.

— É o palácio — explica meu pai. — Ou a versão mais moderna dele. O original pegou fogo em 1871.

Conforme nos aproximamos, vejo algo se elevando do pátio do palácio: uma pirâmide de vidro brilhante. Meu pai conta que, hoje em dia, ele abriga um museu chamado Louvre.

Franzo a testa para a pirâmide.

— Ela não parece grande o suficiente para ser um museu.

Meu pai ri e diz:

— É porque o museu fica *embaixo*. E ao redor. A pirâmide é só a entrada.

— Um lembrete — acrescenta minha mãe — de que nem tudo é o que parece...

Ela é interrompida por um grito.

O som atravessa o ar, e eu e Jacob damos um pulo. O som é agudo e distante, e, por um momento, acho que vem atravessando o Véu. Mas então percebo que são gritos de alegria. Passamos por outra muralha de árvores e encontramos um *parque de diversões*. Com uma roda-gigante, uma pequena montanha-russa, tendas com brincadeiras e barracas de comida.

Meu coração palpita diante da visão, e já estou seguindo na direção dos brinquedos coloridos quando uma brisa sopra, trazendo os cheiros de açúcar e comida. Paro e me viro, buscando a fonte do aroma celestial, e vejo uma barraca anunciando CRÊPES.

— O que é um crê-pê? — digo, testando a palavra.

Meu pai ri.

— A pronúncia é "crép" — explica ele. — E é tipo uma panqueca fina, coberta de manteiga e açúcar, ou chocolate, ou frutas, e dobrada em um cone.

— Parece interessante — digo.

— Parece *delicioso* — diz Jacob.

Minha mãe exibe algumas moedas prateadas e douradas.

— Seria um absurdo vir à França e não comer um — diz ela enquanto nos juntamos à fila.

Ao alcançarmos a bancada, observo um homem espalhar uma massa finíssima sobre uma frigideira.

Ele faz uma pergunta em francês e me encara, esperando pela resposta.

— *Chocolat* — responde meu pai, e não preciso saber falar francês para entender *isso*.

O homem vira o crepe e espalha uma colherada de chocolate por toda a superfície antes de dobrar a delicada panqueca na metade, depois em um quarto, e a deslizar para dentro de um cone de papel.

Meu pai paga, e minha mãe pega o crepe. Seguimos para as mesas e cadeiras brancas espalhadas pelo caminho e sentamos, iluminados pelas luzes do parque de diversões.

— Aqui, filha querida — diz minha mãe, me oferecendo o crepe. — Aprenda uma nova cultura.

Dou uma mordida, e minha boca é preenchida pela panqueca quente, doce, e a pasta saborosa de chocolate. É uma comida simples e maravilhosa. Ficamos sentados ali, dividindo o crepe, meu pai dando mordidas enormes, minha mãe limpando uma mancha de chocolate do nariz, Jacob observando a roda-gigante girar com seus olhos azuis arregalados, e quase me esqueço do motivo para estarmos aqui. Tiro uma foto dos meus pais, com o parque de diversões às suas costas, e imagino que estamos apenas tirando férias em família.

Mas então sinto a batidinha no meu ombro, a pressão do Véu contra minhas costas, e minha atenção se volta para a parte mais escura do parque. Ela me chama. Eu costumava pensar que me sentia atraída pelo intermédio apenas por curiosidade. Agora, sei que existe outro motivo.

Um propósito.

Os olhos de Jacob se focam em mim.

— Não — diz ele, ao mesmo tempo em que me levanto.

— Está tudo bem? — pergunta minha mãe.

— Está — respondo. — Preciso usar o banheiro.

— Não precisa, não — sussurra Jacob.

— Tem um atrás das barracas de comida — diz minha mãe, apontando.

— Cassidy — choraminga Jacob.

— Já volto — digo aos meus pais.

Enquanto me afasto, meu pai me chama, me avisando para não ir muito longe.

— Pode deixar — grito de volta.

Meu pai me lança um olhar sério. Eles ainda não confiam completamente em mim depois de toda a história do ser-presa-no-Véu-por-um-

-fantasma-e-ter-que-lutar-para-recuperar-minha-vida-e-me-esconder-
-em-um-túmulo-aberto (ou, como *meus pais* encararam a situação, a
tarde em que desapareci sem avisar e fui encontrada horas mais tarde,
depois de invadir um cemitério).

É tudo uma questão de perspectiva.

Passo pelas barracas e viro para a direita, saindo do caminho principal.

— Aonde nós vamos? — pergunta Jacob.

— Ver se Jean, o estripador de animais, continua aqui.

— Você só pode estar brincando.

Mas não estou. Tateio meu bolso de trás para verificar se meu pingente de espelho está lá. Foi um presente de despedida de Lara.

Ela ficaria furiosa se soubesse que guardo o pingente no bolso, em
vez de usá-lo no pescoço. Lara diz que pessoas como nós não são apenas
caçadoras; são faróis para espectros e espíritos. Os espelhos funcionam
em *todos* os fantasmas, incluindo Jacob, e é por isso que não uso o
pingente. É bem provável que Lara consideraria esse o principal motivo
para que eu o usasse.

Nem preciso dizer que ela não gosta de Jacob.

— A Lara não gosta de nada — comenta ele.

Os dois não se dão bem... digamos que suas opiniões não batem.

— A opinião dela — diz Jacob, ríspido — é que eu não deveria estar
aqui.

— Bom, tecnicamente, *não* deveria — sussurro, enroscando o colar
em torno do meu pulso. — Agora, vamos achar o Jean.

Jacob faz cara feia, o ar ao seu redor ondulando de leve com seu
aborrecimento.

— A noite estava tão legal.

— Fala sério — digo, apertando os dedos em torno do espelho. —
Você não está curioso?

— Na verdade, não — responde ele, cruzando os braços enquanto estico a mão para o Véu. — Nem um pouco. Eu não acharia nem um pouco ruim nunca descobrir se...

Não escuto o restante. Afasto a cortina e passo por ela, e o mundo ao redor...

Desaparece.

As luzes do parque, as pessoas, os sons e aromas da noite de verão. Tudo some. Por um segundo, eu caio. Sou jogada em água gelada, sinto o choque do frio nos meus pulmões. E então estou de pé novamente.

Nunca me acostumei com essa parte.

Acho que nunca vou me acostumar.

Eu me endireito e respiro fundo enquanto o mundo volta a tomar forma ao meu redor; mais estranho, mais pálido.

Estamos no Véu.

No intermédio.

Aqui é silencioso e escuro, a noite tomando conta de tudo. Nada de parque de diversões, nada de pessoas, e, graças à escuridão profunda e às faixas de névoa que atravessam os gramados, quase não vejo nada.

Jacob surge ao meu lado um segundo depois, obviamente emburrado.

— Você não precisava vir — digo.

O pé dele esfrega a grama.

— Sei.

Eu sorrio. Regra número 21 da amizade: não deixe seu amigo sozinho no Véu.

Jacob fica diferente aqui, encorpado e com cores mais fortes, e não consigo enxergar através dele. Por outro lado, *eu* sou menos sólida, apagada e acinzentada, com uma bela exceção: a espiral de luz que brilha no meu torso.

Não só uma espiral, mas uma vida.

A *minha* vida.

Ela brilha com uma luz clara, azul-esbranquiçada, e, se eu enfiasse uma mão no peito e a puxasse, em uma tentativa bizarra de exibir minha vida, daria para ver que ela não é mais perfeita. Há uma costura, uma rachadura fina, no lugar em que foi dividida. Eu juntei as partes, e ela parece estar funcionando bem, mas não tenho vontade alguma de testar quantos danos um fio de vida aguenta.

— Puxa — diz Jacob, esticando a cabeça —, parece que não tem ninguém aqui. É melhor a gente ir.

Estou tão nervosa quanto ele, mas me controlo. Tem *alguém* aqui. Precisa ter. É assim que o Véu funciona: ele só existe se houver um fantasma. É como um palco em que os espíritos reencenam suas horas finais, sem conseguirem seguir adiante por causa do que aconteceu.

Minhas mãos tocam a câmera pendurada no meu pescoço, e o colar com o espelho enrolando no meu pulso ressoa de leve com o impacto de metal contra metal. O som ecoa de um jeito estranho pela escuridão.

Conforme meus olhos se ajustam, percebo que as construções fora do parque desapareceram. Se ainda não existiam na época dessa reencenação, elas não vão mesmo aparecer; ou pode ser apenas os limites deste intermédio específico e do ser a quem ele pertence.

A pergunta é: de quem é a vida — ou melhor, a morte — em que estamos?

O céu noturno fica cada vez mais claro, manchado por um leve brilho alaranjado.

— Hum, Cass — chama Jacob, olhando por cima do meu ombro.

Eu viro e fico imóvel, meus olhos se arregalando pela surpresa.

Não encontro Jean, o estripador de animais, mas *tem* um palácio ali.

E ele está pegando fogo.

CAPÍTULO 3

Não era névoa coisíssima nenhuma, era *fumaça*.

O vento acelera e o fogo ganha força, o ar escurecendo com a fuligem. Escuto gritos e carruagens atravessando pavimentos de pedra, e, através da fumaça, vejo um grupo de pessoas no gramado, seus rostos virados para as chamas.

Chego mais perto, levo o visor da câmera até meu olho e tiro uma foto.

— Cass — diz Jacob, mas sua voz parece distante, e, quando me viro para encará-lo, só encontro fumaça.

— Jacob? — chamo, tossindo enquanto a fumaça faz cócegas na minha garganta, se esgueirando para meus pulmões. — Onde você...

Uma figura me acerta. Na grama cambaleio para trás, e o homem derruba o balde que carregava. Ele vira no chão, derramando algo escuro e viscoso. Na mesma hora, sei que este é o *seu* lugar no Véu. Os outros fantasmas não passam de peças no tabuleiro, marionetes, porém quando os olhos desse homem encontram os meus, vejo que são atormentados.

Eu me levanto com dificuldade, já erguendo o pingente do espelho, pronta para mandá-lo...

Mas não há colar nenhum enrolado em meu pulso, nenhum espelho balançando no ar.

Olho para baixo, analisando o chão onde caí, e vejo o colar brilhando na grama, para onde deve ter escapulido. Porém, antes de eu conseguir alcançá-lo, o espírito me agarra pela gola da camisa e me empurra contra uma árvore. Tento me soltar, mas, apesar de ele ser um fantasma e eu, não, o Véu equilibra as coisas.

— Jacob! — grito.

O homem me aperta mais enquanto briga comigo em francês, as palavras permanecendo um mistério, mas o tom é obviamente cruel. Então ele se distrai, seus olhos baixando para a câmera pendurada sobre meu peito.

Não, não era para a câmera, penso, horrorizada. Para a espiral. Para o brilho azul-esbranquiçado da minha vida. Ele estica o braço para segurá-lo, e eu me retorço, desesperada para me afastar dos dedos que se aproximam...

— Ei! — grita uma voz conhecida, e o fantasma olha para o lado no mesmo instante em que Jacob acerta a cabeça do homem com o balde.

O fantasma cambaleia, com piche escuro escorrendo por seu rosto, e eu puxo o ar, caindo no chão. No segundo em que me liberto, me jogo na direção do espelho enquanto o fantasma dá um passo na minha direção, meio sem saber aonde está indo. Agarro o colar e levanto, atrapalhada, empunhando o pingente na minha frente como um escudo.

O fantasma para de imediato, focado na pequena superfície redonda do espelho.

Um espelho, segundo Lara, que reflete a verdade. Que mostra ao espírito o que ele é.

O espelho prende o fantasma, mas as palavras, o feitiço, o encantamento é o que os envia adiante. Até uma semana atrás, eu não sabia que *havia* palavras para isso, não sabia nada sobre o poder dos espelhos nem dos fios de vida. E, agora, parada aqui, encarando o espectro, me dá um branco.

Não consigo me lembrar das palavras.

O pânico me domina enquanto tento encontrá-las, sem sucesso.

E então Jacob se inclina e sussurra ao meu ouvido.

— Observe e escute — começa ele.

E isso é o suficiente para eu me lembrar.

Engulo em seco, buscando minha voz.

— Observe e escute — ordeno ao fantasma. — Veja e saiba. Isso é o que você é.

O Véu inteiro oscila ao nosso redor, e o fantasma vai se diluindo até eu conseguir enxergar através dele, ver a espiral escura em seu peito. Sem luz, sem vida.

Estico a mão e pego seu fio, a última coisa que o prende aqui, a este mundo. Ele parece frio e seco sob meus dedos, como folhas mortas no outono. Conforme puxo a corda, ela vai esfarelando na minha palma. Desaparece em uma nuvem de fumaça.

E, então, o mesmo acontece com o fantasma.

Ele se dissolve, virando cinzas, depois ar. Sumindo no mesmo instante.

Jacob estremece um pouco, desconfortável, mas, para mim, é como respirar ar fresco. Naqueles segundos, pouco antes de o fantasma seguir em frente, eu sinto que estou... certa.

O que você sente, disse Lara, *é um* propósito.

O palácio continua pegando fogo, e cambaleio, tonta, sentindo o efeito do Véu.

Um aviso de que estou aqui há tempo demais.

— Vamos.

Jacob pega minha mão e me puxa para o outro lado. Eu estremeço quando a cortina roça minha pele. Por um instante, o frio inunda meus pulmões de novo, a água me puxando para baixo... e então voltamos para terra firme. O parque continua iluminado e barulhento, preenchido pelo brilho dos brinquedos, pelos turistas e pelo calor da noite. Jacob está desbotado de novo, vagamente transparente, e estou sólida, o redemoinho brilhante da minha vida escondido sob carne e osso, seguro.

— Valeu — digo, tentando ignorar o frio.

— Nós somos uma equipe — diz Jacob, levantando uma mão. — Bate aqui.

Ele faz o som de algo batendo quando levo minha palma à sua. Mas, desta vez, juro que sinto uma pressão leve, como vapor, antes de minha mão atravessar a sua. Olho para o rosto de Jacob, me perguntando se ele também sentiu aquilo, mas ele já está se virando.

— Aí está você! — exclama minha mãe, me oferecendo o último pedaço do crepe quando volto para a mesa. — Tive que proteger isto aqui do seu pai. Quase perdi um dedo.

— Desculpa. A fila estava grande.

(Não gosto de mentir para os meus pais, mas tentei contar a verdade, depois da história no cemitério, e eles não acreditaram em mim. Então, talvez, isso torne a mentira um pouco mais inofensiva.)

— Aham — comenta Jacob —, se você diz.

Meu pai se levanta, limpando as mãos.

— Bem, querida família — anuncia ele, passando um braço ao redor dos meus ombros. — É melhor voltarmos.

A noite está mais escura agora, e o Véu continua me pressionando, me chamando de volta. Mas, conforme atravessamos o Tulherias, tomo o cuidado de permanecer no caminho certo, sem sair da luz.

CAPÍTULO 4

Na manhã seguinte, nossa guia nos espera no restaurante do hotel.

Ela é alta e magra, está com uma blusa verde e uma saia creme. Seu rosto triangular exibe maçãs do rosto proeminentes e o cabelo escuro está preso em um coque complicado. Ela é mais nova do que eu esperava, talvez tenha uns vinte e poucos anos.

— A senhora deve ser a Madame Deschamp — diz minha mãe, estendendo a mão.

— Por favor — responde a mulher em uma voz suave —, me chamem de Pauline.

Seu sotaque francês faz tudo soar musical. É engraçado, pois eu achava a mesma coisa do sotaque escocês. Mas, agora, me dou conta de que os dois sotaques são como tipos de música tão diferentes quanto uma balada romântica e uma cantiga de ninar.

Meu pai diz algo em francês, minha mãe ri, e, de repente, me sinto excluída, como se tivessem contado uma piada que não entendo.

— O senhor fala bem — diz Pauline.

Meu pai fica vermelho e responde:

— Eu estudei na faculdade, mas estou um pouco enferrujado.

— Pauline — diz minha mãe —, esta é nossa filha, Cassidy.

Jacob enfia as mãos no bolso e resmunga:

— *Eu* não preciso ser apresentado.

— *Enchantée* — diz Pauline, se virando para mim. Seu olhar é firme, analítico. — *Parlez-vous français?*

Agora é a minha vez de ficar vermelha.

— Não, desculpa. Só inglês.

Eu tive aulas de italiano na escola este ano, mas fui muito, *muito* mal, e acho que saber perguntar em outro idioma onde fica a biblioteca não vai me ajudar aqui. As únicas coisas em francês que consegui aprender são *s'il vous plaît*, que significa *por favor*, e *merci*, que significa *obrigada*.

Um garçom se aproxima, e Pauline fala com ele em um francês rápido antes de gesticular para sentarmos.

— Estamos felizes por você ser nossa guia — diz meu pai.

— Sim — responde Pauline, devagar —, vai ser... interessante.

Ela alisa a camisa como se estivesse limpando migalhas de comida.

— Cá entre nós — começa minha mãe —, você acredita em fantasmas?

A expressão de Pauline enrijece.

— *Não* — diz ela, a palavra rápida e firme, como uma porta que você bate para não enxergar algo indesejado do outro lado. — Desculpem. Fui grosseira. Vou explicar: estou aqui como representante do Ministério da Cultura da França. Costumo trabalhar com políticos ou diretores de documentários. Esta não é uma tarefa *comum* para mim, mas sou parisiense. Moro aqui desde que nasci. Vou levá-los aonde quiserem ir. Vou ajudar da melhor forma possível. Mas não posso dizer que acredito em nada disso.

— Não tem problema — diz meu pai. — Eu vim pra aprender história. É a minha esposa que acredita nessas coisas.

Pauline me encara.

— E você, Cassidy? *Você* acredita?

Jacob ergue uma sobrancelha para mim.

— Pois é, me conta — diz ele. — Qual é a sua opinião sobre fantasmas?

Eu sorrio e concordo com a cabeça para Pauline.

— É difícil acreditar em fantasmas. Mas, depois que você vê um, é difícil *não* acreditar.

Uma ruga minúscula aparece no espaço entre as sobrancelhas perfeitas de Pauline.

— Talvez.

O garçom volta com as menores xícaras que já vi na vida (é sério, elas parecem ter saído do jogo de chá que eu tinha aos cinco anos), cheias de café puro.

— E para a *mademoiselle* — diz ele, me entregando uma xícara de chocolate quente polvilhado com chocolate em pó.

Ele também serve uma cesta cheia de pães. Reconheço o formato em meia-lua do croissant, mas o espiralado e o retangular ainda são um mistério para mim. Pego o retangular e dou uma mordida, descobrindo que o recheio é *chocolate puro*.

Paris acabou de ganhar pontos comigo.

— *Pain au chocolat* — explica minha mãe quando dou outra mordida.

Entre o chocolate quente, que é saboroso e espesso, e o doce, sinto minhas pupilas dilatando. Em casa, meus pais não me deixam nem comer cereal açucarado.

Jacob suspira.

— Que saudade de comer doce.

Sobra mais para mim. Migalhas finas caem sobre a mesa quando dou outra mordida.

O olhar de Pauline passa rápido para a entrada do restaurante, e a expressão dela se anima.

— Ah, a equipe chegou. Anton! — chama ela, se levantando. — Annette.

Os dois são irmãos. Eles têm o mesmo cabelo escuro, queixos pontudos e olhos azuis-acinzentados. Mas, fora isso, parecem sombras em momentos diferentes do dia: Anton é alto e magro feito um esqueleto, enquanto Annette é baixa e quadrada.

Pauline troca dois beijos com a dupla, um em cada bochecha, e se vira para os meus pais.

— Se os senhores estiverem prontos, é melhor irmos. Vamos começar nas Catacumbas.

— Vamos — diz minha mãe, limpando o açúcar do colo. — Os fantasmas de Paris nos esperam.

— O que é uma catacumba? — pergunto quando saímos.

— É tipo um cemitério — respondeu meu pai.

— Como o Greyfriars? — continuo, pensando no cemitério desnivelado, aconchegado no coração de Edimburgo.

— Não muito — diz ele. — É...

— Não estraga a surpresa — interrompe minha mãe, o que me deixa nervosa na mesma hora. Para ela, surpresas sempre tiveram menos o tom de *Feliz aniversário!* e mais de *Olha essa coisa vagamente pavorosa que encontrei no quintal.* — Você vai ver, Cass — continua ela. — As Catacumbas de Paris são um dos lugares mais famosos do mundo.

— Pelo menos ela não disse mais *assombrados* — reflete Jacob.

No instante seguinte, minha mãe acrescenta:

— E *com certeza* é um dos mais assombrados.

Jacob suspira.

— É óbvio.

Atravessamos a cidade de metrô e saltamos em uma estação chamada Denfert-Rochereau.

Lá fora, noto a placa na parede de pedra de um prédio que diz 14ᵉ: o número do bairro em que estamos. Conforme andamos, fico procurando um cemitério, mas só passamos por prédios normais. E, mesmo assim, sei que estamos nos aproximando, porque sinto o *tap-tap-tap* dos fantasmas aumentando a cada passo.

O Véu oscila ao meu redor, e a batida passa do meu peito para os meus pés, um contrabaixo pesado pulsando pela rua. Lugares assombrados não apenas me chamam. Eles me puxam como um peixe preso em uma linha de pesca. Não há gancho, apenas uma corda finíssima, porém forte como um cabo de aço, me conectando ao outro lado.

Meus pais, Pauline e a equipe param de repente diante de uma pequena cabine verde. Ela é simples e discreta, mais parecida com uma banca de jornal do que com um lugar habitado pelos mortos. Na verdade, não caberia mais do que dois caixões ali dentro. A princípio, acho que devemos estar no lugar errado, mas então vejo a placa de bronze pregada na madeira pintada.

ENTRÉE DES CATACOMBES.

— Hum — digo. — Achei que as Catacumbas seriam... maiores.

— Ah, elas são — responde meu pai, pegando um dos seus guias de viagem.

Ele me mostra um mapa de Paris, depois vira uma página por cima. Um papel transparente se acomoda sobre o mapa, sua superfície translúcida coberta de linhas vermelhas.

Aos poucos, entendo o que estou vendo. E porque me senti tão esquisita no caminho até aqui.

As Catacumbas não ficam nessa pequena cabine verde.

Elas estão embaixo dos nossos pés. E, a julgar pelo mapa que meu pai segura, estão embaixo dos pés de um *monte* de gente. As Catacumbas são um emaranhado de túneis que se dobram e desdobram sob a cidade.

Seguimos para a porta, mas uma placa na parede avisa que o lugar está fechado.

— Ah, que pena — diz Jacob. — Vamos ter que voltar num outro dia...

Ele para de falar quando um segurança uniformizado aparece, abrindo a porta para a cabine verde e nos convidando a entrar.

Lá dentro, há duas catracas, como se estivéssemos entrando em uma montanha-russa.

Passamos e paramos diante de uma escada em caracol onde só cabe uma pessoa por vez. Os degraus descem até sumir de vista. Os túneis lá embaixo parecem respirar, jogando para cima uma corrente de ar frio e bolorento, junto com uma onda de raiva, medo e luto incansável.

— Sem chance — disse Jacob, balançando a cabeça.

Este é um lugar ruim, e nós dois sentimos isso.

Hesito enquanto o Véu se aperta ao meu redor, me chamando lá para baixo ao mesmo tempo que algo dentro de mim me diz para ficar onde estou, ou, melhor ainda, para sair correndo.

Minha mãe olha para trás.

— Cass. Está tudo bem?

— Só diz pra eles que você está assustada demais — pede Jacob.

Mas eu não estou, penso. Eu *estou* assustada, mas existe uma diferença entre sentir medo de fazer alguma coisa e sentir medo *demais* para fazer alguma coisa. *Além disso*, penso, agarrando minha câmera, *eu tenho um trabalho a fazer.* E não estou falando de caçar fantasmas. Meus pais pediram minha ajuda. Não quero decepcioná-los.

Assim, me obrigo a andar para a frente e dou o primeiro passo.

— Tudo nesta ideia é terrível — diz Jacob enquanto descemos, descemos, descemos, até os túneis sob Paris.

CAPÍTULO 5

Eu costumava ter um pesadelo recorrente.

Eu estava presa em uma sala, embaixo da terra. A sala era de vidro, então eu conseguia ver terra por todos os lados, pressionando as paredes.

O sonho era sempre igual. Primeiro, eu ficava entediada; depois, nervosa; e então, no final, assustada. Em alguns, eu batia nas paredes, enquanto em outros ficava sentada, completamente imóvel; mas em todas as vezes, não importava o que eu fizesse, uma rachadura aparecia no vidro.

Ela ia se tornando cada vez maior, subindo a parede e percorrendo o teto, até a terra começar a entrar, e então, no momento em que o teto se partia, eu acordava.

Há anos não penso nesse pesadelo.

Mas me lembro dele agora.

A escada em espiral é compacta, então não conseguimos ver nada além da próxima curva, e ela simplesmente continua, continua, continua.

— As Catacumbas ficam muito longe? — pergunto, tentando não deixar o medo transparecer na minha voz.

— São uns cinco andares pra baixo — responde meu pai, e tento não pensar no fato de que o hotel Valeur só tem quatro.

— Por que fizeram um cemitério subterrâneo?

— As Catacumbas nem sempre foram usadas como cemitério — explica meu pai. — Antes de se tornarem um ossuário, os túneis eram apenas uma mina de pedras que ficava embaixo de uma cidade que crescia rápido.

— O que é um ossuário?

— É um lugar onde guardam os ossos dos mortos.

Eu e Jacob trocamos um olhar.

— O que aconteceu com o restante deles?

Minha mãe ri. Isso não faz eu me sentir melhor.

— Os corpos nas Catacumbas foram transferidos para cá de outros túmulos — explica Pauline.

Transferidos.

O que significa *cavados*.

— Ah, não estou gostando disso — diz Jacob. — Não estou gostando *nada* disso.

— Hoje em dia — explica meu pai —, as Catacumbas abrigam mais de seis milhões de corpos.

Quase tropeço nos degraus. Eu devo ter escutado errado.

— Esse número é o triplo da população *viva* de Paris — acrescenta minha mãe, toda animada.

Estou me sentindo um pouco enjoada. Jacob me lança um olhar irritado, como se dissesse: *Isso tudo é culpa sua.*

Finalmente chegamos ao fim da escada, e o Véu me acerta como uma onda, puxando meu corpo. Eu me puxo de volta, tentando me manter firme enquanto Jacob se aproxima.

— A gente *não* vai atravessar aqui — diz ele, sua voz perdendo todo o tom de humor. — Está me ouvindo, Cass? A gente *não. Vai. Atravessar. Aqui.*

Ele não precisa insistir.

Não tenho qualquer desejo de descobrir o que há por trás deste Véu específico.

Ainda mais quando vejo o que está diante de nós.

Eu estava torcendo por um espaço amplo, como uma daquelas cavernas enormes com estalactites — estalagmites?, nunca sei qual é qual —, mas, em vez disso, há apenas um túnel.

O chão é uma mistura de pedra bruta e terra batida, e as paredes parecem cavadas à mão. Em um lugar ou outro, água pinga do teto. Lâmpadas elétricas foram posicionadas ao longo do corredor, criando focos de amarelo fosco entre trechos de sombras.

— Nossa, que aconchegante — diz minha mãe.

Engulo em seco quando começamos a andar. *A única saída é seguir em frente*, digo a mim mesma.

— Ou, quem sabe, subir a escada — diz Jacob.

Fala sério, penso. *Onde está seu senso de aventura?*

— Devo ter deixado na rua lá em cima — murmura ele.

Meus pais seguem à frente, narrando a cena para as câmeras. Olho para Pauline, que está prestando atenção onde pisa, tomando cuidado para evitar as poças rasas de água, os trechos enlameados entre as pedras.

Eu me inclino para ela e sussurro:

— Achei que haveria mais ossos.

— Ainda não chegamos às tumbas — explica ela, sua voz ecoando do teto baixo. — Aqui são apenas as galerias. Relíquias da época em que estes túneis tinham um propósito menos sinistro.

O túnel vai serpenteando, às vezes se tornando largo o suficiente para duas pessoas, em outros momentos ficando tão estreito que precisamos seguir em fila, um atrás do outro. O Véu pressiona minhas costas como se fosse uma mão, me impulsionando para a frente.

— Sabe qual é a única coisa pior do que um lugar assombrado? — pergunta Jacob.

O quê?

— Um lugar assombrado difícil de sair.

Você não sabe se aqui é assombrado, penso, sem conseguir convencer nem a mim mesma.

— Como poderia *não* ser? — rebate ele. — Você se esqueceu do George Mackenzie?

George Mackenzie era um dos fantasmas que estava em um cemitério na Escócia. Ele só começou a assombrar seu túmulo depois que vândalos perturbaram seus ossos.

E isso foi com *um* homem.

Mas talvez as histórias estivessem erradas. Talvez ele já estivesse irritado antes.

— E talvez só existam fantasmas simpáticos aqui embaixo — comenta Jacob —, todos se divertindo pra valer.

Minha mãe pega uma caixinha com a superfície encrustada de luzes. Um medidor de CEM, uma ferramenta que registra distúrbios no campo eletromagnético. Também conhecido como medidor de *fantasmas*. Ela o liga, mas o aparelho emite apenas estática abafada enquanto minha mãe segue andando com ele apontado para a parede.

Chegamos ao fim das galerias, e o túnel se abre em uma câmara, as paredes cheias de caixas de vidro, como um museu. As caixas abrigam textos e fotos que explicam como as Catacumbas foram criadas. Mas o que chama minha atenção é a entrada do outro lado.

Ela é assomada por uma placa de pedra, exibindo palavras em francês escritas em letras maiúsculas.

ARRÊTE! C'EST ICI L'EMPIRE DE LA MORT.

— *Pare!* — recita meu pai, sua voz reverberando pelas paredes de pedra próximas. — *Aqui fica o Império dos Mortos.*

— Nada sinistro — resmunga Jacob. — Nada sinistro mesmo.

— No século XVIII — continua meu pai, falando para a câmera de Annette —, Paris tinha um problema: o número de mortos era maior do que o de vivos, e os vivos não tinham onde colocá-los. Os cemitérios estavam transbordando de corpos, em alguns casos literalmente, e era preciso tomar uma atitude. Então a conversão das Catacumbas começou.

— Foram necessários dois anos inteiros — diz minha mãe — para trazer os corpos. Imagine, toda noite uma procissão de carroças cheias de cadáveres atravessando as ruas, conforme seis milhões de mortos eram retirados de seus locais de descanso eterno e transferidos para os túneis embaixo de Paris.

É tão estranho observar os dois desse jeito. A maneira como se transformam diante da câmera. Eles não se tornam *pessoas* diferentes, apenas ficam mais aguçados, mais sonoros, mais exuberantes. A mesma canção, só que com o volume aumentado. Meu pai, a imagem de um acadêmico. Minha mãe, uma completa sonhadora. Juntos, os "Espectores" parecem formidáveis. Tiro uma foto deles sendo filmados enquanto meu pai continua.

— Por décadas — diz ele —, os ossos dos mortos cobriram o chão destes túneis, seus restos mortais empilhados aleatoriamente pela grande tumba. Foi apenas quando um engenheiro chamado Louis-

-Étienne Héricart decidiu converter o túmulo em um ponto turístico que a transformação real começou, e o Império dos Mortos foi criado.

Minha mãe gesticula, como um apresentador abrindo uma cortina.

— Vamos entrar?

— Acho que prefiro esperar aqui — diz Jacob, subitamente fascinado pelas caixas de vidro.

Fica à vontade, penso.

Sigo a equipe sem olhar para trás. E apesar de eu não conseguir *escutar* os passos de Jacob, sei que ele está aqui, bem atrás de mim, grudado como uma sombra enquanto entramos em um mundo de ossos.

CAPÍTULO 6

Os ossos estão *em todo canto.*

Eles cobrem as paredes de terra, um mar de esqueletos que bate quase no teto. Formam desenhos, estampas, ondulações; uma onda de crânios dispostos sobre um fundo de fêmures, decorações mórbidas empilhadas tão alto que somem de vista. Crateras oculares vazias encaram o nada, e mandíbulas permanecem escancaradas. Alguns dos ossos estão quebrados, se esfarelando, e outros parecem surpreendentemente novos. Se você apertar bem os olhos, as partes desaparecem, sobrando apenas padronagens em tons de cinza, que podiam ter sido feitos com pedras em vez de ossos.

Nossas sombras dançam pelas paredes, e tiro uma foto atrás da outra, sabendo que a câmera só vai capturar o que está aqui, que só vai enxergar aquilo que for real. Mas, neste momento, o real já é bastante esquisito. Estranho, assustador e quase... lindo.

— E horripilante — diz Jacob. — Não esquece de horripilante.

Viramos uma esquina, e, como se tivesse sido programado, o medidor de cem nas mãos da minha mãe explode, abandonando a estática e passando para um gemido agudo que ecoa pelos túneis como um grito.

Minha mãe dá um pulo e logo desliga o aparelho.

— Bom — começa ela, a voz ligeiramente trêmula. — Acho que isso diz o suficiente.

Eu estremeço, nervosa.

Até Pauline parece abalada.

— Nossa, por que será que ela está assustada? — pergunta Jacob. — Será que é por estarmos cinco andares embaixo da terra? Ou por este túnel ser mais ou menos da largura de um caixão? Ou talvez seja pelo fato de estarmos cercados por *seis milhões de corpos*?

Seis milhões: é um número tão alto que não parece real.

Duzentos e setenta: esse é um número melhor. Continua sendo muito, mas é mais palpável. Duzentos e setenta é o número de ossos que temos ao nascer. Alguns se fundem enquanto crescemos, então, quando nos tornamos adultos, temos 206 (valeu, aula de ciências).

Então, se as Catacumbas abrigam mais de seis milhões de corpos, quantos ossos têm aqui?

Seis milhões multiplicados por 206... é muita coisa. Mais do que poderia ser capturado em uma foto. Imagine só: são ossos suficientes para serem empilhados a uma altura de um metro e meio por todos os túneis embaixo de Paris. Um Império dos Mortos tão grande quanto a cidade, com corpos não identificados e desconhecidos.

Jacob começa a cantar, e levo trinta segundos para me dar conta da letra.

— ... *cabeça, ombro, joelho e pé, joelho e pé, joelho e pé...*

— Sério? — sussurro.

Ele joga os braços para o alto.

— Só estou tentando manter o bom humor sobre isso tudo.

Vamos serpenteando pelos túneis, e os portões de ferro trancados transformam o labirinto ao nosso redor em um caminho sem erros. Fico pensando em como seria fácil se perder se não fossem essas portas.

— Estão vendo essa linha aqui em cima? — pergunta meu pai, se virando tanto para as câmeras quanto para nós.

Olho para cima e vejo uma marca grossa e preta pintada no teto.

— Antes de as luzes e os portões serem instalados, essa era a única forma de ajudar as pessoas a não se perderem.

Tento imaginar como seria descer aqui antes da eletricidade, equipada apenas com lamparinas ou velas. Estremeço. A única coisa que tornaria este lugar mais assustador seria descer aqui no escuro.

Minha mãe se vira para a câmera e diz:

— Ao longo dos anos, um bom número de viajantes acabou nestes túneis, talvez em busca de abrigo, ou apenas para se aventurar, e se perdeu pelos vários corredores. Muitos nunca encontraram a saída. Pelo menos não enquanto ainda estavam vivos.

O Véu pesa sobre meus ombros, me incentivando a fazer a travessia, mas consigo me manter firme. Sinto como se estivesse na caixa de vidro do meu sonho, o mundo me pressionando por todos os lados. Mas não quebro.

É inegável que Jacob está ficando mais forte.

Talvez eu também esteja.

— Vejam só — chama meu pai, sua voz ecoando. *Só, só, só...*

As paredes de ossos são interrompidas de vez em quando por placas de pedra, suas superfícies entalhadas com frases sobre a vida e a morte. Meu pai para diante de uma, enquanto eu e Pauline ficamos mais para trás, para nossas sombras não aparecerem na filmagem.

Olho de soslaio para o lado, e quase morro de susto quando um crânio me encara de volta, suas órbitas na altura dos meus olhos. Antes de me dar conta do que estou fazendo, estico o braço para tocar o osso branco, e...

No mesmo instante, o Véu oscila, encontrando a ponta dos meus dedos. Quando isso acontece, escuto o som abafado das vozes além: tristes, solitárias, perdidas. Alguém grita, e quase, *quase*, consigo entender as palavras. Eu me inclino mais para perto.

— *Olá?* — chama uma voz nas sombras, parecendo assustada.

Olho ao redor, mas ninguém parece escutá-la. Meus pais continuam andando, e Pauline olha para a frente.

— *Cassidy* — chia Jacob. — Não.

Baixo a mão, mas ainda consigo sentir o Véu, deslizando como seda pelos meus dedos.

— *... s'il vous plaît...* — diz outra voz nas sombras, esta falando em francês, as palavras fracas, agudas e baixas.

— *... ninguém vai vir...* — murmura uma terceira.

E então uma quarta voz...

— *SOCORRO!*

O grito é tão repentino e alto que cambaleio para trás. Meu calcanhar fica preso em uma pedra no chão, e caio, perdendo o equilíbrio. Estico os braços para me segurar, mas, desta vez, quando minha mão encontra a parede, ela não para, como se a superfície fosse feita de pano, não de osso.

Não, não, não, penso enquanto o Véu se abre sob os meus dedos, e eu atravesso, caindo.

Uma queda rápida e veloz.

O choque do frio.

O gosto do rio na minha garganta.

E então estou sobre o piso duro de pedra.

Sinto a dor das minhas mãos raladas, e vejo a câmera ainda pendurada pela tira no meu pescoço.

O túnel está escuro, e pisco rápido, tentando ajustar a visão. A única luz que enxergo sai do meu peito. O brilho azul-esbranquiçado é forte, mas só atravessa minha camisa. Não sou exatamente uma lanterna humana. Estou mais para um vaga-lume humano.

Levanto, tirando o espelho do bolso da calça.

— Jacob? — sussurro, mas não há resposta.

Conforme meus olhos se ajustam, noto outra luz, baixa e vermelha, vindo de trás da curva. Ela me lembra da luz que uso em casa quando revelo filmes da câmera no quarto escuro.

Começo a andar na sua direção, e então escuto um som baixinho, como pedrinhas rolando ou pés se arrastando sobre a terra, e a luz vermelha se afasta.

— Olá? — chamo, andando mais rápido.

Porém, quando viro a esquina, a luz vermelha desapareceu, substituída por uma lamparina de aparência antiga, deixada no chão. Ela emite um brilho amarelo oscilante, lançando sombras sobre os crânios próximos, dando a impressão de que estão esboçando um sorriso. Uma careta. Uma expressão de susto.

Percebo como o túnel está silencioso, como está vazio.

Eu escutei os fantasmas, não escutei? Então cadê eles agora?

Algo se move atrás de mim, no escuro. Consigo sentir. Minha mão aperta o pingente, e estou reunindo coragem para me virar quando escuto a voz.

— Cassidy.

Jacob. Eu relaxo, aliviada, e me viro, apenas para me deparar com seu rosto tenso, irritado.

— Achei que a gente tinha combinado que não faríamos isto — diz ele, os braços cruzados firmemente sobre o peito.

— Não foi de propósito. Juro.

— Sei... Vamos logo embora, antes que alguma coisa...

Uma pedrinha rola pelo piso de pedra atrás de nós.

— Você ouviu isso? — pergunto.

— Podem ter sido os ossos se acomodando, ou o vento.

Mas não há vento aqui embaixo, e nós dois sabemos que não foram os ossos, principalmente porque o próximo som que escutamos são passos. Tem mais alguém aqui. Ando para a frente, mas Jacob segura minha mão.

— A gente não tem mapa — alerta ele.

Isso é verdade. Espaço é espaço. Um passo dentro do Véu é um passo do outro lado. Se nos afastarmos demais dos meus pais e da equipe de filmagem, posso acabar me perdendo no mundo real também. E ficando presa neste labirinto.

Então uma voz jovem e brincalhona, em algum lugar ao longe, grita em francês:

— *Un... deux... trois...*

— Não — diz Jacob. Ele já está me puxando para trás, se esticando para alcançar a cortina.

— Espera — digo, tentando me libertar quando a voz chama de novo.

Mas Jacob me segura com mais firmeza.

— Escuta — diz ele. — Eu entendo. Você não consegue se controlar. É da sua natureza. Seu propósito, que seja. Você precisa olhar embaixo da cama. Abrir o armário. Espiar atrás da cortina. Mas vamos ter um pouco de bom senso, Cass. A gente está a 15 metros embaixo da terra, com ossos por tudo que é lado, só com uma lamparina pra iluminar o caminho, então vou invocar oficialmente a regra número 21 da amizade, e nós vamos embora agora, juntos.

Ele tem razão. Suspiro e concordo com a cabeça.

— Tudo bem. Vamos.

Jacob solta o ar, aliviado, e pega a cortina. O Véu oscila e se abre, e eu o sigo para o outro lado. Porém, no último instante, antes de o Véu sumir, olho para trás, para o túnel, e juro que vejo uma sombra se movendo junto à parede, suas bordas brilhando, vermelhas.

Mas então o Véu desaparece, e estou caindo, meus pulmões se enchendo de água congelada antes de o mundo voltar a entrar em foco, novamente sólido, com luzes fortes. Escuto o som da equipe de filmagem guardando o equipamento, dos saltos de Pauline batendo contra o chão de pedra e da voz dos meus pais vindo na minha direção.

Estou ajoelhada sobre as pedras encardidas, mas rapidamente aproximo o visor da câmera do meu olho. Tiro uma foto — um arco de crânios ao redor de um túmulo — um segundo antes de minha mãe virar a curva.

— Cassidy — diz ela, aborrecida. — Encontrei! — grita ela por cima do ombro.

Eu me esforço para abrir um sorriso fraco.

— Só parei pra tirar umas fotos — digo, minha voz um pouco abalada, minhas mãos e joelhos sujos de terra. — Pro programa.

— Foi por pouco, Cass — diz Jacob.

Emburrado, ele se apoia contra a parede, ou pelo menos começa a fazer isso. Ao primeiro roçar de um osso, ele pula para longe, estremecendo de nojo.

Minha mãe me analisa por um instante, então concorda com a cabeça.

— Eu admiro sua dedicação, filha querida — diz ela, me dando tapinhas no topo da cabeça —, mas, da próxima vez, pode não sumir de vista?

— Vou tentar — respondo enquanto ela me dá um beijo na cabeça e me ajuda a levantar.

Enquanto a sigo pelo túnel, não consigo me conter e olho para a escuridão, quase esperando encontrar a luz vermelha oscilando pela parede. Mas vejo apenas o escuro e as sombras que cobrem os ossos.

PARTE 2
BRINCADEIRAS DE MAU GOSTO

CAPÍTULO 7

Você às vezes sente como se estivesse sendo seguido?

Aquele formigamento na nuca que indica que alguém está observando você?

Não consigo me livrar dessa sensação enquanto subimos a escada, trocando os túneis pelas ruas de Paris. Conforme andamos, fico olhando para trás, certa de que vou ver alguma coisa ou alguém, e, toda vez que olho, fico com a impressão de que acabei de perder o momento certo. Minha visão começa a pregar peças, até todas as sombras parecerem estar se movendo. Cada raio de sol ganha forma.

Tento dizer a mim mesma que não é nada. Só o nervosismo que ficou depois do Véu, grudado feito teias de aranha.

É hora do almoço, e pegamos uma mesa externa em uma cafeteria. Acho que todos nós estamos felizes com o ar fresco. Meus pais conversam sobre a próxima locação das filmagens, o Jardim de Luxemburgo, e peço um negócio chamado *croque monsieur*, que acaba sendo um misto-quente chique. Enquanto como, o sanduíche quente ajuda a dispersar os resquícios do frio das Catacumbas. Mas não consigo parar de olhar para a calçada, me lembrando da cidade dos mortos sob meus pés. Fico me perguntando quantas pessoas cruzam estas ruas sem nunca saber que estão andando por cima de ossos.

— Que coisa mórbida — diz Jacob por cima do ombro.

Ele está parado no sol, sendo atravessado pela luz enquanto observa uma pedra na esquina, se preparando para chutá-la.

E então, do nada, eu estremeço.

É como se alguém tivesse colocado uma mão gelada na minha nuca. Preciso me controlar para não dar um grito de surpresa. Um chiado escapa pelos meus dentes.

Minha mãe olha para mim, mas, antes de conseguir me perguntar o que aconteceu, o som de algo rasgando soa do alto. A beira do toldo da cafeteria se solta.

— Cassidy, cuidado! — berra Jacob.

Um dos ganchos de metal no canto do toldo vem com tudo na direção da nossa mesa, arrebentando o jarro de água bem na frente da minha cadeira.

Pulo para trás bem na hora, fugindo do vidro e de boa parte da água.

Meus pais arfam, e Pauline levanta, agarrando a frente da blusa com uma das mãos, assustada. Anton e Annette balançam a cabeça e observam o toldo quebrado, falando rápido em francês.

Um garçom vem correndo, pedindo desculpas enquanto limpa a bagunça. Ele nos transfere para outra mesa, e todo mundo tenta esquecer a estranheza do incidente.

Minha mãe fica em cima de mim, procurando cortes ou feridas. Digo que estou bem, apesar de me sentir um pouco tonta. Olho para a mesa em que estávamos. Pode ter sido uma bobagem. Um parafuso solto no toldo. Um tecido velho. Azar. Mas e o frio que eu senti logo antes de acontecer? O que foi aquilo? Um aviso?

— Você acha que virou vidente agora? — pergunta Jacob.

Apesar de eu ter 90% de certeza de que isso não faz parte da descrição do nosso trabalho como intermediárias, digito por baixo da mesa uma mensagem para Lara.

> Eu: Oi

> Eu: Pessoas como a gente têm outros poderes?

Alguns instantes depois, Lara responde.

> Lara: Algumas são intuitivas. Quanto mais tempo elas passam no intermédio, mais fortes seus sentidos espectrais se tornam.

> Lara: Por que a pergunta?

Hesito antes de responder.

> Eu: Só estava curiosa. 😊

> Lara: 😐

Jacob espia por cima do meu ombro.

— Rá! — exclama ele. — Esse emoji é a cara dela.

Os franceses têm uma grande vantagem: eles adoram sobremesas.

Enquanto seguimos para a próxima locação, passamos por: lojas dedicadas somente a chocolate; quatro vitrines exibindo bolinhos tão intricados e detalhados quanto esculturas; inúmeros carrinhos de sorvete e fileiras de balcões cheios de sanduíches pequenininhos de biscoito, coloridos, chamados *macarons*, com sabores como rosa, caramelo, mirtilo e lavanda.

Minha mãe compra uma caixa de *macarons* e me oferece um de cor amanteigada. Tento me concentrar no biscoito, e não no frio esquisito na minha barriga, nos batimentos trêmulos do meu coração, na sensação incômoda de que algo está errado.

Quando dou uma mordida no *macaron*, o exterior racha antes de expor o creme macio e uma explosão cítrica.

— Uma parisiense nata — diz Pauline. — Agora você precisa provar o escargot.

Meus pais riem juntos, o que me deixa nervosa. Quando abro a boca para perguntar, minha mãe dá um tapinha no meu ombro e diz:

— É melhor você não saber.

Meu pai se inclina e sussurra ao meu ouvido:

— Lesmas.

Espero muito que ele esteja brincando.

— Chegamos — diz minha mãe. — O Jardim de Luxemburgo.

— Vocês ficam usando essa palavra — diz Jacob. — Acho que o significado aqui é diferente.

Ele tem razão. Este *jardim* parece ter sido projetado com cálculos matemáticos bem complicados.

Árvores enormes, com as copas aparadas em linhas paralelas, formam paredes verdes gigantes que levam a outro palácio imenso. Os caminhos de areia batida desenham formas geométricas nos gramados, suas bordas adornadas com rosas e salpicadas com estátuas. A grama é tão verde e tão uniforme que imagino alguém ajoelhado, cortando folha por folha com uma tesoura minúscula.

Minha mãe vira para a esquerda, entrando em um caminho mais cerrado, e a seguimos. A areia estala sob nossos sapatos enquanto andamos, e então ela para e senta em um banco.

— Querem escutar uma história? — pergunta ela, sua voz suave, doce e assustadora.

E isso basta para todos nós nos aproximarmos. Minha mãe tem esse poder sobre as pessoas, sempre foi o tipo de contadora de histórias que faz seus ouvintes chegarem mais perto.

Até mesmo Pauline não consegue esconder seu interesse. Enquanto ela escuta, sua mão segura a gola da blusa, algo que já aconteceu algumas vezes hoje. *Um tique nervoso*, penso. Mas é esquisito. Afinal de contas, ela disse que não acreditava em nada; então por que ficar nervosa?

Anton começa a filmar, e, quando minha mãe fala de novo, não está se dirigindo apenas a nós, mas a uma plateia invisível.

— Em uma bela noite de 1925, um senhor estava sentado em um banco aqui no Jardim de Luxemburgo. — Ela faz uma pausa para dar uma batidinha no espaço ao seu lado. — Ele estava aproveitando para ler no clima agradável, quando um homem de paletó preto apareceu e o convidou para assistir a um sarau em sua casa. O senhor aceitou e acompanhou o homem até o apartamento dele, onde se deparou com uma festa animada, e passou a noite ouvindo música, tomando vinho e se divertindo em excelente companhia.

Minha mãe abre um sorriso travesso e se inclina para a frente.

— Quando o dia começou a clarear, o senhor foi embora, mas logo depois percebeu que havia esquecido seu isqueiro, e voltou para buscá-lo. Só que, quando chegou no apartamento, encontrou o lugar todo escuro, com as portas e janelas fechadas com tábuas. Foi um vizinho que lhe explicou que um músico havia morado ali, mas fazia mais de vinte anos que ele tinha morrido.

Um calafrio percorre meu corpo, mas este é simples, um tremor quase agradável que acompanha uma boa história de fantasmas. Muito diferente do que eu senti mais cedo, na cafeteria.

— E, até hoje — conclui minha mãe —, se você permanecer no parque depois do pôr do sol, pode ser abordado por um homem de paletó preto, fazendo o mesmo convite. A questão é: você aceitaria?

— Finalmente! — exclama Jacob. — Uma história sobre um fantasma simpático.

Enquanto minha mãe levanta do banco, uma brisa gelada sopra. *Este, sim,* se parece com o ar frio que senti na cafeteria. Estou lutando com outro calafrio quando areia estala sob pés atrás de mim. Eu me viro, e vejo alguma coisa — *alguém* — pelo canto do olho.

Mas, quando encaro o caminho de frente, não há ninguém ali.

— Você... — começo, mas Jacob já seguiu em frente com o restante do grupo. Solto o ar, nervosa.

— Cass? — chama meu pai. — Vamos?

Com a testa franzida, saio correndo para alcançá-los.

— Se você ficar olhando para trás o tempo todo, vai acabar com torcicolo — diz Jacob, e começa a andar de costas ao meu lado. — Pronto, eu fico de vigia.

Ele enfia as mãos nos bolsos e aperta os olhos para conseguir enxergar mais longe.

— Você ainda acha que estão seguindo a gente?

— Sei lá — respondo, balançando a cabeça. — Tem alguma coisa... errada. Estou o dia inteiro com essa sensação.

— Talvez Mercúrio esteja retrógrado.

Eu o encaro.

— O que *isso* significa?

— Não faço ideia — admite Jacob, voltando a virar de frente —, mas já ouvi as pessoas dizendo isso quando alguma coisa dá errado.

Com uma expressão exasperada, respondo:

— Acho que os astros não têm nada a ver com isso.

Jacob dá de ombros, e caminhamos em silêncio até a última locação do dia.

A Torre Eiffel não é o lugar mais discreto do mundo.

Dá para enxergá-la do outro lado de Paris, um cone vazado escuro contra o céu. De perto, é uma estrutura enorme. Ela se agiganta como uma imensa fera de aço sobre a cidade.

O parque na base da torre está cheio de pessoas, todas esparramadas sob o sol da tarde, e o clima é o oposto de assustador. Mas, quando meus pais começam a filmar, juro que as nuvens se fecham, e uma leve brisa balança o cabelo da minha mãe e lança uma sombra no rosto do meu pai.

O clima vem junto com eles.

— A Torre Eiffel — diz meu pai enquanto Anton filma. — Uma das façanhas arquitetônicas mais famosas e uma das atrações turísticas mais icônicas do mundo. Um marco da história.

Minha mãe continua, sua voz tranquila:

— E de histórias. — Ela olha para trás, para a torre, antes de prosseguir: — No começo do século xx, um rapaz americano se apaixonou por uma moça francesa, e, depois de cortejá-la, ele a trouxe até a torre para pedi-la em casamento. Só que, quando ele puxou o anel, ela ficou tão surpresa que deu um pulo para trás, escorregou lá de cima e caiu...

Engulo em seco, minha pele formigando de uma energia nervosa. Talvez tenha sido o quase desastre na cafeteria, mas, de repente, a Torre Eiffel parece um lugar propício a acidentes.

— Há dezenas de histórias parecidas — diz meu pai, parecendo cético. — Talvez elas não passem de lendas urbanas.

— Ou talvez alguma seja verdade — rebate minha mãe. — Alguns visitantes dizem que já viram uma moça debruçada na grade escura, ainda sorrindo como uma noiva.

Olhando de soslaio, detecto um movimento rápido.

É Pauline. Enquanto meus pais contam a história, sua mão vai parar na gola da blusa de novo. Vejo ela tirar algo lá de dentro. É um cordão prateado, com um pingente. Meu coração dá um salto, e penso no espelho no meu bolso traseiro, pronto para dispersar qualquer espírito inquieto.

Mas então a luz bate no pingente, e vejo que não é um espelho, mas uma joia normal, um disco de prata liso de tanto uso. Observo ela esfregar o dedão pela superfície, seus lábios se movendo, sussurrando algo para si mesma.

— O que é isso? — pergunto, e ela me mostra o talismã. A maioria dos detalhes já se apagou, mas consigo distinguir o desenho de um olho.

— Um símbolo antigo, pra afastar o mal.

— Achei que você não acreditasse nessas coisas.

— Não acredito — responde ela, rápido, acenando com uma das mãos. — É só uma superstição boba.

Não sei se acredito nisso.

— Bem — diz minha mãe, se aproximando de nós e batendo palmas. — Vamos subir?

Engulo em seco.

— Subir? — repito, observando a torre.

Confissão: não gosto muito de altura. Não chegaria a dizer que tenho *medo*, mas nunca vou ser a garota parada na beira de um muro, com os braços abertos, igual naquela hora em Harry Potter que o Harry anda de hipogrifo pela primeira vez (na versão do filme, óbvio).

Mas também detesto a ideia de perder essa oportunidade.

Precisamos pegar dois elevadores e subir vários lances de escada, mas finalmente chegamos à plataforma de observação mais alta de Paris. Há uma grade de proteção, mas não me aproximo dela. Aqui em cima, o ar está mais frio, e me pergunto se eu conseguiria sentir uma mudança repentina na temperatura — um aviso, se tiver sido mesmo isso — antes de algo dar errado. A Torre Eiffel parece ser mantida em pé por um milhão de pregos e parafusos. O que aconteceria se algum deles quebrasse? Ou se uma rajada de vento repentina me jogasse da beira da plataforma?

Balanço a cabeça para organizar meus pensamentos. Estou começando a parecer tão paranoica quanto Jacob.

— Você diz que é paranoica, mas eu chamo de praticidade — rebate Jacob.

E então, antes de eu conseguir recusar, minha mãe entrelaça um braço ao meu e me puxa até a grade. Enquanto meu pai apoia a mão no meu ombro, me esqueço de sentir medo. A cidade inteira se espalha diante de mim, até onde meu olhar alcança, branca, dourada e verde, e sei que nenhuma foto no mundo seria capaz de capturar essa vista.

E, por um instante, esqueço os fantasmas que supostamente assombram a torre. Por um instante, *quase* esqueço a sensação sinistra, estranha, de ser seguida.

Por um instante, Paris é apenas um lugar mágico.

— Calma — diz Jacob em um tom animado. — Tenho certeza de que *alguma* coisa vai dar errado.

CAPÍTULO 8

A equipe entrega as filmagens do dia para meus pais avaliarem, e Pauline dá dois beijos em nossas bochechas antes de ir embora sob a luz do fim da tarde. Minha mãe e meu pai decidem que vamos fazer um piquenique no quarto do hotel. Paramos em uma feira e compramos pão, queijo, linguiças e frutas. Minha mãe cantarola, as sacolas de compras balançando em seus dedos. Meu pai carrega uma baguete embaixo do braço, e tiro uma foto deles, sorrindo para mim mesma.

Quando chegamos ao hotel, sinto como se tivéssemos andado pela cidade inteira. Com as pernas cansadas, subimos até o quarto, e sou a última a entrar.

— Cass, fecha a porta — diz minha mãe, os braços cheios de comida.

Chuto a porta e puxo a tira da câmera por cima da cabeça, indo para o quarto menor. Eu e Jacob nos jogamos na cama.

Que dia esquisito, penso.

— Foi mais estranho do que o normal — admite Jacob.

Giro na cama, soltando um resmungo, e estou prestes a pegar uma revista em quadrinhos na minha bolsa quando a voz da minha mãe atravessa a suíte.

— *Cassidy!*

Jacob se senta.

— Isso não parece bom.

Minha mãe tem muitas vozes. Tem a do "estou orgulhosa de você". A do "você se atrasou pro jantar". A do "precisamos conversar sobre a decisão que eu e seu pai tomamos e que vai mudar nossas vidas". E tem a voz do "você está muito encrencada".

É *esta* voz que ela usa agora.

Volto para a sala principal e a encontro parada, com os braços cruzados, ao lado da porta da suíte. Que está aberta.

— O que eu pedi pra você fazer? — pergunta minha mãe em um tom irritado, e olho para ela e depois para a porta, confusa.

— Eu fechei! — digo, olhando para Jacob, que apenas dá de ombros.

— Nem adianta olhar pra mim — responde ele. — *Eu* não abri nada.

E fico sem entender por que aquilo é um problema tão grave até eu escutar meu pai no corredor lá fora, chamando "Aqui, gatinho" e balançando a tigela de comida de Ceifador.

Ih.

— Ele *fugiu?* — grito.

O problema é o seguinte: Ceifador não é um gato normal. Ele não é caçador e nem muito rápido. Em casa, ele se mexia tanto quanto um pacote de pão. Então, mesmo que eu *tivesse* deixado a porta aberta, coisa que *sei* que não fiz, as chances de ele ir a algum lugar são quase zero.

Mesmo assim, ele não está aqui.

E também não está no corredor.

Nós nos separamos. Meu pai sobe a escada até o terceiro andar, minha mãe vai para a recepção, e eu e Jacob também procuramos.

Como ele fugiu? *Por que* ele fugiu? Ceifador nunca demonstrou muito interesse pelo mundo exterior; nas poucas vezes que foi além da nossa varanda de casa, apenas deitou no pedaço ensolarado mais próximo para tirar uma soneca.

— Ceifador! — chamo baixinho.

— Ceifador! — ecoa Jacob.

Minha garganta se aperta um pouco. *Cadê* ele?

Olhamos atrás de vasos de plantas e embaixo de mesas, mas não há sinal do gato no segundo andar nem no primeiro. Não há sinal quando chegamos ao saguão, onde minha mãe conversa com o porteiro, e decido dar uma olhada no restaurante onde tomamos café. Ele já fechou, mas uma das portas de vidro está entreaberta. A fresta é grande o suficiente para um gato passar.

Entro, com Jacob me seguindo de perto. Vou tateando a parede, procurando pelo interruptor, mas não consigo encontrar. Apesar de as cortinas estarem fechadas, a Rue de Rivoli brilha do outro lado, oferecendo luz o suficiente para iluminar o caminho.

— Ceifador? — chamo baixinho, tentando manter a voz firme enquanto caminho por entre as mesas.

E então, entre um passo e outro, prendo a respiração. É como se eu tivesse acertado uma parede de ar frio. Meu corpo estremece de repente.

— Jacob...

Ding... ding... ding...

Eu e Jacob olhamos para cima. Há um candelabro pendurado no teto, seus cristais emitindo um som baixo, como um sininho, enquanto balançam.

Nós dois nos encaramos.

Meu olhar diz: *Foi você?*

E o dele diz: *Você ficou doida?*

O frio piora, e, enquanto observo, uma toalha começa a escorregar de uma mesa próxima, puxando tudo que está em cima dela. Pulo até lá, mas é tarde demais. Os pratos e talheres se espatifam no chão, e, um segundo depois, um vulto corre pela escuridão à minha direita. É uma sombra nas sombras, escura demais para ser vista, mas uma coisa é certa.

Ela é maior do que um gato.

Antes que eu a siga, Jacob grita:

— Encontrei!

Eu me viro e o encontro de quatro do outro lado do salão, olhando embaixo de uma cadeira.

E Ceifador está mesmo lá.

Mas, quando me aproximo, ele rosna.

Ceifador *nunca* rosna, mas, agora, ele me encara com os olhos verdes arregalados e as orelhas jogadas para trás, mostrando os dentes. E quando estico a mão para pegá-lo, ele sai correndo, através dos braços esticados de Jacob, e pra fora do restaurante. Saímos correndo em seu encalço, entrando no saguão, onde a recepcionista muito emburrada que fez nosso check-in hoje cedo o pega pelo pescoço.

Ela se vira para a minha mãe.

— Creio — diz ela em um tom brusco — que isto pertença à senhora.

Minha mãe faz cara feia para o gato.

— Sinto muito — diz ela, pegando um Ceifador completamente mal-humorado e virando seu olhar irritado para mim. — Não vai acontecer de novo.

Mas, enquanto eu a sigo para o andar de cima, a única coisa em que consigo pensar é: *Tenho certeza de que fechei a porta.*

Meus pais arrumam o piquenique improvisado sobre a mesa de centro, e a tensão se dissipa enquanto sentamos em almofadas no chão, comendo maçãs, queijo e a baguete fresca. Os dois conversam sobre as filmagens do dia, e eu me perco em pensamentos, me lembrando do frio. Tive a mesma sensação durante o almoço, pouco antes de o toldo quebrar, e depois no caminho do jardim, e novamente lá embaixo, no restaurante do hotel. E em todas as vezes, com a mesma força, ela vinha acompanhada da certeza de que eu não estava sozinha.

Alguma coisa tinha assustado Ceifador. Como forma de lidar com a experiência, o gato desabou em um montinho peludo, roncando baixo no pé da minha cama.

O que ele viu? O que eu vi?

Penso na sombra no restaurante. Talvez tenha sido um truque da luz, a iluminação dos postes criando formas...

— Está tudo bem, Cass? — pergunta minha mãe. — Parece que você está longe daqui.

Eu me obrigo a abrir um sorriso.

— Desculpa — digo. — É só cansaço.

Levanto da mesa e pego meu celular.

Preciso de uma segunda opinião.

Envio uma mensagem para Lara.

> Eu: Você pode falar?
>
> Eu: Preciso de ajuda.

Dez segundos depois, o celular toca.

Vou para o banheiro, e Jacob me segue. Ele toma o cuidado de ficar de costas para o espelho enquanto fecho a porta e atendo.

— Cassidy Blake — diz uma voz britânica pomposa. — Já arrumou encrenca?

Aperto o botão para ligar a câmera, e, depois de o celular carregar a imagem, Lara Chowdhury surge na tela. Ela está sentada em uma poltrona de encosto alto, com uma xícara de chá equilibrada sobre uma pilha de livros ao seu lado.

O foco dela passa para Jacob.

— Pelo visto, você continua com o seu fantasma de estimação.

Jacob faz cara feia.

— Isso é inveja porque você não tem um?

— Parem com isso — digo para os dois.

Lara suspira e apoia a cabeça em uma mão. Seu cabelo está preso em um coque bagunçado no topo da cabeça. Esta é a primeira vez que uso a palavra *bagunçado* para descrever qualquer coisa em Lara, e...

— Você... está usando um pijama do Harry Potter? — pergunto.

Ela olha para si mesma.

— Só porque ele é azul e bronze...

— Pode admitir que *é* um pijama do Harry Potter.

Lara fica irritada.

— Ele é *confortável*. É só por um *acaso* que ele representa as cores da minha casa escolhida... — Ela balança a cabeça e muda de assunto. — Como estão as coisas em Paris?

— Assombradas.

— E eu não sei? Estive aí no ano passado e fiquei bem ocupada. Aonde você foi por enquanto?

— No Tulherias, no Jardim de Luxemburgo, na Torre Eiffel. Ah, e nas Catacumbas.

— Você entrou nas *Catacumbas*? — Lara parece *quase* impressionada.

— Entrei. Não foi *tão* ruim assim. Quer dizer, não estou dizendo que foi moleza, mas, com aquele monte de esqueletos, achei que seria pior...

Lara dá de ombros.

— Cemitérios geralmente são bem tranquilos.

— Eu sei, mas como os corpos foram tirados do lugar, achei que...

— Ah, fala sério — diz Lara —, se os fantasmas se incomodassem sempre que alguém mexe nos seus ossos, não haveria espaço no intermédio pra todo mundo.

— Mas as Catacumbas *são* assombradas — respondo.

— É *óbvio* que elas são assombradas. Paris inteira é assombrada. Mas tenho certeza de que as Catacumbas não são ocupadas por *seis milhões de espíritos raivosos.* — Lara se empertiga na cadeira. — E então? Você não me ligou só pra bater papo.

— Não. — Mordo o lábio. — Tem alguma coisa esquisita acontecendo.

Conto a ela sobre o toldo quebrado na hora do almoço, a sensação de ser seguida, a fuga de Ceifador e a toalha de mesa que se mexeu no restaurante... e a sombra. Também conto sobre o frio que senti antes de cada uma dessas coisas.

Lara estreita os olhos enquanto eu falo.

— Cassidy — diz ela lentamente, depois que termino. — Talvez você tenha atraído um *poltergeist.*

Ela parece nervosa. E isso me deixa nervosa.

— O que é um poltergeist?

— Um espírito que é atraído por energia espectral — responde Lara, olhando fixamente para mim. — Ele devia estar dormente até sentir a sua, Cassidy.

O olhar dela passa rápido para Jacob, e ela continua:

— Ou a *dele*. Esse frio que você sente *é* um tipo de intuição, um aviso de que um espírito forte está por perto.

— Tudo bem — digo, sentando na beira da banheira. — Mas um poltergeist é tipo um fantasma, né?

— Um fantasma *muito* perigoso. Eles se alimentam do caos.

— Cassidy! — chama minha mãe, batendo à porta. — Está tudo bem aí?

— Está! — grito de volta. — Só estou escovando os dentes. — Baixo a voz quando me viro de novo para Lara. — Mas como um poltergeist pode causar problemas no mundo real? Ele não devia estar preso no Véu?

Lara aperta a ponte do nariz.

— Poltergeists são *viajantes*. Eles não ficam presos a um ciclo ou a uma memória, e não ficam limitados ao lugar onde morreram. Eles se libertam do intermédio. Conseguem se mover por onde quiserem lá dentro, e até atravessar o Véu para o nosso mundo.

— Como a Rapina Rubra — digo, me lembrando da mulher fantasmagórica que assombrava Edimburgo, roubando crianças antes de roubar a minha vida.

— Isso. Só que é diferente. A Rapina só conseguiu sair do intermédio quando pegou a sua vida. É por isso que ela precisou atrair você para lá. Os poltergeists já têm um pezinho do outro lado. Então, meus parabéns, você conseguiu despertar algo ainda pior.

Sinto meu estômago se revirar ao ouvir isso. A situação com a Rapina não foi das mais fáceis.

— É tipo um jogo de videogame — diz Jacob —, quando o chefão vai aumentando de dificuldade a cada fase.

Lara franze a testa.

— Essa é uma maneira muito simplista de encarar as coisas. Mas pode ser.

— Tudo bem — digo, mas meus pensamentos não param de girar.

— Mas um poltergeist continua sendo um espírito. Só preciso encontrar e mandar o espírito de volta.

— Isso mesmo. O mais rápido possível. Poltergeists começam com coisas pequenas, brincadeiras de mau gosto, então passam para intimidação e depois para o caos. Ficam violentos.

Penso no toldo rasgado, no vidro quebrando pela mesa, na sorte que dei ao não me cortar.

— Eles não veem problema algum em machucar os outros, e até em matar — avisa Lara. — E quanto mais problemas um poltergeist causa, mais forte ele fica. — Ela olha para Jacob, depois para mim, sendo enfática com as próximas palavras. — Espíritos com tanta força não podem ficar no nosso mundo, Cassidy. Cada instante da sua liberdade prejudica o equilíbrio, e o Véu.

Jacob olha para o chão, suas mãos se fechando em punhos. Nós dois sabemos que ela não está falando apenas do poltergeist.

Limpo a garganta fazendo barulho para desviar a atenção.

— Bom, que ótimo — digo. — Valeu pelo incentivo. Tem certeza de que você não quer vir pra Paris?

Um sorriso triste surge no rosto de Lara.

— Bem que eu queria. Mas estou aqui, se você precisar de mim. E, Cassidy?

— Hum?

— Toma cuidado. E *você* — ela olha com raiva para Jacob —, já que está aí, seja útil.

Lara desliga, e fico olhando para a tela apagada.

— Sabe — diz Jacob em um tom seco —, acho que ela está começando a gostar de mim.

Suspiro e o expulso do banheiro para escovar meus dentes de verdade.

Preciso de uma boa noite de sono; amanhã, vou caçar um poltergeist.

Quando deito na cama, Jacob desapareceu. Ele nunca fica por perto enquanto durmo, mas a verdade é que não sei para onde ele vai.

Às vezes, até melhores amigos fantasmas que leem mentes têm segredos.

CAPÍTULO 9

Alguma coisa me acorda de repente de um sono pesado, sem sonhos.

Não sei o que foi (um peso na beira da cama, Ceifador andando pelo quarto), mas acordei, e tudo está escuro. Atrás da minha janela, a noite continua. A porta está aberta, e prendo minha respiração para prestar atenção nos sons, tentando escutar alguma coisa, qualquer coisa (o ronco do meu pai, o barulho dos turistas notívagos na rua), mas tudo está estranhamente silencioso.

Até eu escutar o clique de uma tranca, o leve gemido da porta do quarto do hotel se abrindo.

O poltergeist.

Feixes finos de luz vermelha vêm do corredor, e levanto, andando descalça pelo escuro. Quando chego à porta, o brilho está descendo a escada. Quando chego ao corredor, levanto o braço para segurar o pingente de espelho em meu pescoço, mas me dou conta de que não estou com ele. Devo ter deixado na mesa de cabeceira. Quando me viro para ir buscá-lo, a porta se fecha, me trancando do lado de fora.

Uma brisa sopra pelo corredor, repentina e gélida, e tento não estremecer.

— *Cassidy...*

Meu nome é um sussurro no ar, fraco e distante, mas reconheço a voz.

— Jacob? — chamo, tentando manter o tom baixo.

— *Cassidy...* — repete ele, sua voz atravessando o piso. Alguma coisa cai, e vou correndo pela escada, certa de que o poltergeist pegou Jacob, de que ele está em perigo.

Aguenta firme, Jacob, penso, disparando pela escada. *Aguenta firme, aguenta firme.*

"Eles não veem problema nenhum em machucar os outros", disse Lara.

Aguenta firme.

A cada degrau que desço, a temperatura diminui.

Quando chego ao segundo andar, estou com frio.

Quando chego ao primeiro, estou tremendo.

— Jacob? — chamo de novo, minha respiração virando vapor na minha frente enquanto me aproximo do saguão, escorregando no chão de mármore. Eu me levanto com dificuldade, pronta para lutar, pronta para salvar meu melhor amigo...

Mas não tem mais ninguém aqui.

Nenhum ataque de poltergeist, apenas Jacob, ajoelhado no meio do saguão. Ele segura a cabeça entre as mãos enquanto o ar ao seu redor gira, frenético. O candelabro balança, uma cadeira é arrastada pelo chão e me dou conta, horrorizada, de que tudo isso está vindo *dele.*

— Jacob! — grito por cima do vento uivante. — Consegue me escutar?

Ele solta um gemido alto.

— O que está acontecendo comigo? — Sua voz soa estranha, vazia.

— Cassidy...

Ele para de falar, e a cor vai se esvaindo das suas roupas, da sua pele. Água pinga do seu cabelo, da sua calça jeans, empoçando ao seu redor no piso de mármore, até ele ter a mesma aparência que tinha quando vi seu reflexo no espelho pela última vez.

Ele parece cinza, molhado, perdido.

Ele parece *morto*.

Não. Não. Não.

— Cassidy! — chama uma voz, mas ela não sai de Jacob.

É *Lara*.

Ela está parada atrás do balcão, se protegendo do caos, sua trança preta balançando ao vento. Lara, que sempre parece ter uma resposta, que sempre sabe o que fazer. Mas seus olhos não estão arregalados de preocupação. Estão furiosos.

— Eu avisei que isso iria acontecer! — grita ela, a voz se distorcendo com a força do redemoinho de Jacob. — Eu avisei que ele estava ficando mais forte.

Abaixo quando um vaso se espatifa na coluna acima da minha cabeça, fazendo chover cacos de vidro e flores despedaçadas, que são puxadas para o alto antes mesmo de acertarem o piso de mármore.

— Cass! — grita Lara enquanto o caos no saguão alcança um tom agudo, estridente. — Você precisa fazer com que ele complete a travessia.

Mas não consigo. Não posso. Deve existir uma outra maneira.

Jacob se encolhe no centro da tempestade, e tento me aproximar, segurar sua mão, puxá-lo de volta para mim. Posso salvá-lo. Sei que, se eu chegar perto o suficiente... mas o redemoinho ao redor dele é muito forte, me joga para trás, e bato na coluna de mármore, e...

Eu me sento, arfando no escuro.

Foi só um pesadelo.

— Você está esquisita — diz Jacob na manhã seguinte.

Ele se parece com o Jacob de sempre. Sem o rosto morto, sem os olhos vazios, sem a poça de água aos seus pés, apenas meu melhor amigo em toda sua transparência habitual. Eu queria poder dar um abraço nele. Em vez disso, me esforço para desanuviar meus pensamentos, feliz por ele não conseguir ler meus sonhos da mesma forma como faz com minha mente.

— Só estou cansada — digo enquanto saímos do metrô.

A verdade é que esta manhã já começou ruim.

Eu quase pulei da cadeira durante o café, quando alguém no restaurante deixou um bule cair. Não foi nenhuma atividade paranormal, só um garçom desastrado. Eu sei que nem *tudo* é um presságio de perigo, mas fiquei nervosa mesmo assim.

Tentei ignorar a sensação, mas ela só piorou. Ao sairmos do hotel, o alarme de um carro disparou na rua. E depois outro, e outro, as buzinas soando como dominós caindo em fila.

— Acordou nervosa hoje? — perguntou meu pai, me dando um tapinha no ombro enquanto eu apertava os olhos para a calçada movimentada, tentando encontrar quem tinha acionado o primeiro alarme.

Cogitei a ideia de atravessar o Véu; mas eu não podia fazer isso, não na frente dos meus pais, de Pauline e da equipe de filmagem.

Agora, passamos os portões do cemitério, e sinto a temperatura diminuir.

— Você está ficando resfriada? — pergunta minha mãe ao me ver apertando o suéter para me proteger do frio.

— Talvez — digo, enfiando as mãos nos bolsos e segurando o colar de espelho.

Eu me sinto tão tensa que seria capaz de...

Um galho de árvore cai bem na nossa frente.

Minha mãe pula, seu braço me segurando para trás.

— Essa foi por pouco — diz ela, encarando o galho.

— Por muito pouco — resmungo.

O que foi que Lara disse? Primeiro vinham as brincadeiras de mau gosto, depois a intimidação, e então o caos.

Preciso resolver esse problema antes que as coisas piorem.

E um cemitério parece um bom lugar para começar.

Analiso o enorme papel aberto nas mãos da minha mãe e pergunto:

— Que tipo de cemitério precisa de um mapa?

Ela abre um sorriso radiante para mim, os olhos brilhantes.

— Um muito, muito grande.

No fim das contas, isso foi um eufemismo.

O Père Lachaise parece uma cidade dentro da cidade. Há até placas, quarteirões, bairros. Caminhos pavimentados serpenteiam entre os túmulos. Alguns são baixos, como caixões de pedra, e outros se agigantam, com pequenas casas lado a lado. Há criptas novas e criptas velhas, algumas trancadas, outras abertas, e, em certos pontos, árvores antigas ameaçam desenterrar tumbas, suas raízes abrindo espaço entre as pedras — e por baixo delas.

Não há raiva neste lugar.

Apenas uma onda leve de tristeza, de perda.

— Cass — diz minha mãe —, não sai andando por aí.

E, para minha surpresa, isso não soa como um aviso bobo. O cemitério é *enorme*, e seria fácil me perder. O que também significa que meus pais não vão notar se eu me afastar.

Vou ficando mais para trás a cada passo, finalmente parando de vez entre os túmulos.

Se eu fosse um poltergeist, onde estaria?

— Aqui, fantasma — chama Jacob.

Olho para cima e o encontro empoleirado sobre um anjo de pedra enorme, com uma perna balançando no ar e a outra dobrada, com o cotovelo apoiado no joelho. Quando levanto a câmera a tiro uma foto, ele faz uma pose pensativa, analisando o cemitério.

A câmera solta um clique, e me pergunto se ele vai aparecer na foto.

Houve uma época em que eu tinha certeza de que Jacob não apareceria. Agora, já não sei. Penso na última foto que tirei em Edimburgo, a que guardo na bolsa da câmera. Nela, eu e Jacob estamos parados em lados opostos de uma vitrine. Eu dentro da loja, e ele do lado de fora, nós dois nos encarando.

Ele não está *de verdade* lá, no vidro.

Só que também *está*.

Pode ter sido um truque da luz, um reflexo confuso.

Mas acho que não.

Espíritos com tanta força não podem ficar no nosso mundo.

O aviso de Lara se funde com as palavras do meu pesadelo.

Você precisa fazer com que ele complete a travessia.

Jacob pigarreia.

— Bom — diz ele, pulando para fora da estátua. — Nada de poltergeist por aqui.

— Não — digo, olhando ao redor. — Aqui, não...

Jacob franze a testa.

— Não gostei desse seu tom de voz.

Lá na frente, meus pais param na frente de uma cripta, com Anton e Annette preparando as câmeras, e vejo minha oportunidade. Puxo o espelho para fora do bolso.

— Anda — sussurro, esticando a mão para o Véu. — Se o poltergeist não vem até nós, nós vamos até o poltergeist.

CAPÍTULO 10

Saio de um lugar físico e mergulho no nada, e então volto, tudo em um piscar de olhos.

Meus pés aterrissam sobre o caminho pavimentado, e o Père Lachaise se abre de novo, um fantasma de sua versão anterior. Filetes de névoa se enroscam por minhas pernas, e o cemitério é vasto e cinza e está sinistramente parado. Tiro o espelho do bolso, enroscando a corda ao redor do pulso, e Jacob surge ao meu lado. Ele olha ao redor, franzindo um pouco o nariz.

— Por que cemitérios sempre têm névoa? — pergunta ele, chutando o ar enevoado aos nossos pés.

— Pra criar um ótimo clima — comento.

Perto de nós, a porta de uma cripta balança, com as dobradiças quebradas. Do outro lado do caminho, um corvo grasna e sai voando.

— É tipo uma trilha sonora assustadora de Dia das Bruxas — resmunga Jacob.

E, mesmo assim, faz silêncio.

O interessante sobre cemitérios é que eles não são tão assombrados quanto seria de se imaginar. Lógico, há um fantasma ou outro, porém a maioria dos espíritos inquietos se conecta com o lugar onde *morreram*, não onde foram enterrados.

Por isso deve ser fácil encontrar nosso espírito inquieto específico.

Contanto que ele queira ser encontrado.

— E se ele não quiser? — questiona Jacob.

É uma boa pergunta.

Como é que se *atrai* um poltergeist?

— Talvez, se a gente fingir que nada está acontecendo, ele perca o interesse e vá embora.

— Ele não é uma *abelha*, Jacob. E você ouviu o que a Lara disse. Quanto mais tempo o poltergeist ficar solto, mais caos ele vai causar. Como se isso não bastasse, esse espírito específico parece estar focado em incomodar *a gente*.

Analiso os túmulos.

— Olá? — chamo, apertando o pingente de espelho.

— Você acha que um poltergeist se parece com o quê? — sussurra Jacob. — Ele é humano? Um monstro? Um polvo?

— Um polvo?

Ele dá de ombros.

— Mais braços, mais brinc...

Pulo para cima dele, apertando sua boca com uma das mãos. As sobrancelhas de Jacob se levantam em confusão.

Escutei alguma coisa.

Ficamos parados ali, em silêncio total, completamente imóveis. E então ela surge de novo.

A voz de uma criança.

— *Un... deux... trois...* — cantarola.

O cemitério começa a ser preenchido por uma luz vermelha suave, e um vento gelado sopra minha pele.

Escuto o farfalhar de passos, de sapatinhos pulando por um caminho. Eu me viro bem a tempo de ver uma sombra passar correndo entre as criptas.

— ... *quatre... cinq...* — continua a voz, e fico com muita vontade de saber falar francês.

— Vem aqui! — chamo. — Eu só quero conversar.

— ... *sept...* — continua a voz, agora atrás de mim.

Eu giro, mas não há ninguém ali, apenas túmulos.

— ... *huit...* — A voz está mais suave agora, se afastando e levando a luz vermelha esquisita embora.

— É um espírito bem tímido — comenta Jacob.

Mordo o lábio. Isso é verdade. Apesar de todos os truques que o poltergeist pregou, ele ainda não deu as caras. E se eu quiser pegar esse fantasma, vou ter que convencê-lo a vir até mim.

— Como você pretende fazer *isso*? — pergunta Jacob. — Por acaso você carrega isca de poltergeist por aí?

Esfrego minhas têmporas. O que Lara disse?

Eles se fortalecem quando causam problemas. Com suas brincadeiras sem graça.

Tudo bem. Então só preciso dar ao fantasma uma oportunidade de fazer isso. Olho para as criptas, algumas da altura de casas.

Jacob lê minha mente, e então diz:

— *Não.*

— Esta é uma péssima ideia — avisa Jacob enquanto subo no topo de um túmulo.

— Você sempre diz isso.

Olho para baixo. Não estou nem a um metro do chão. Não é alto o suficiente. Seguro o canto entalhado da cripta mais próxima e começo a subir mais.

— É, e geralmente eu tenho razão — grita ele lá de baixo. — O que isso diz sobre as suas ideias?

Meus sapatos escorregam na lateral da cripta, mas finalmente consigo subir e fico de pé, me equilibrando sobre o telhado triangular. Analiso o cemitério.

— Para de se esconder! — grito.

Nada acontece.

Eu me obrigo a caminhar pelo telhado pontudo, me aproximando da beira. Prendo a respiração e espero.

— Puxa vida — diz Jacob, alternando o peso entre os pés —, você tentou. Acho melhor descer daí e...

Ele para de falar quando a voz retorna, subitamente *bem* mais perto.

— ... *dix*.

Um vento frio roça minha pele, e uma telha cai atrás de mim, se espatifando em um túmulo no chão. O som faz os corvos fantasmas voarem, e, quando me viro na direção do som, o vejo, parado em cima de uma lápide a três metros de distância.

O poltergeist.

Não sei o que eu esperava.

Talvez um monstro. Uma criatura de sombras, com dois metros de altura, cheia de garras e presas.

Mas é só um menino.

Um garotinho, de uns seis ou sete anos, com cabelo castanho encaracolado e um rosto redondo sujo de poeira. Ele usa roupas antigas, uma camisa de botões e uma bermuda na altura dos joelhos ossudos. Seus contornos tremulam um pouco, como se ele não estivesse completamente aqui, porém são seus olhos que chamam minha atenção.

Eles não são castanhos nem azuis, mas *vermelhos*.

O vermelho de uma chama em brasa, ou de uma lanterna pressionada contra a palma da mão. O tipo de vermelho que *brilha*, lançando uma luz rubra sobre os túmulos, as criptas e a névoa.

— Encontrei você — digo, e o menino sorri para mim pouco antes de se *mover*.

Mas não do jeito como um garoto devia conseguir se mover, dando um passo atrás do outro. Não. É como se as regras deste lugar não importassem, e, em um piscar de olhos, ele dá um pulo para a frente. Em um instante, ele está de pé sobre uma cripta a três metros de distância. No outro, está a trinta centímetros de mim, empoleirado no telhado inclinado.

— Agora! — incentiva Jacob, e minhas mãos voam para cima, enfiando o pingente de espelho bem na frente do rosto do menino.

Seus olhos vermelhos arregalam ao encarar o reflexo, perdidos na visão.

— Observe e escute — recito. — Veja e saiba. Isso é o que você é.

Estico a mão para pegar a espiral em seu peito, porém, quando alcanço a camisa, não a atravesso. O poltergeist continua sólido, tanto quanto um fantasma pode ser. Pigarreio, apertando o espelho com mais força enquanto recomeço.

— Observe e escute — digo, tentando usar um tom de voz firme. — Veja e...

Mas o menino franze a testa, seus olhos vermelhos deixando o espelho e se voltando para o meu rosto, como se o reflexo não o controlasse.

Isso é impossível, penso.

Logo antes de ele me empurrar do telhado.

PARTE 3

A INTIMIDAÇÃO

CAPÍTULO 11

Quando você começa a cair, há um momento em que pensa: *Talvez fique tudo bem.*

Talvez eu consiga me equilibrar. Talvez uma mão me segure. Talvez alguma coisa macia amenize o impacto.

Neste caso, nenhum desses pensamentos vira realidade.

Estou caindo, e, em algum lugar entre a beira do telhado e o gramado lá embaixo, atravesso o Véu e bato *forte* no chão ao lado da cripta. A queda me faz perder completamente o ar, e uma dor sobe pelo meu braço direito; por um instante, não consigo fazer nada além de piscar para desanuviar minha visão e torcer para não ter quebrado nada.

Jacob surge, pairando em cima de mim, e está tão preocupado que as primeiras palavras a saírem de sua boca não são "Eu avisei", mas:

— Você está bem?

Eu me sento, confusa, porém feliz pela minha cabeça não ter acertado a quina da lápide mais próxima. Meu cotovelo pulsa de dor, e meus dedos estão formigando, mas, pelo que consigo ver, não quebrei nada. Nem a câmera.

Um pequeno milagre.

Solto um gemido, desejando que Jacob fosse sólido o suficiente para me ajudar a levantar. Acabo fazendo isso sozinha, esfregando o braço.

— Estou bem.

— Que bom — diz Jacob, olhando de volta para a cripta. — O que aconteceu lá em cima?

Olho para o telhado, e, por um instante, ainda consigo ver o contorno do menino, uma leve impressão do poltergeist me olhando de cara feia. Uma imagem grudada nas minhas retinas, como que por um flash, mas, quando pisco, ela desaparece.

— O espelho não funcionou.

— Por que não? Ele quebrou? Ficou embaçado ou alguma coisa assim?

Dou uma olhada no espelho, e meu reflexo me encara de volta, nítido e evidente... e confuso.

— E as palavras? — pergunta Jacob. — Você falou do jeito certo?

Falei. Eu fiz *tudo* certo.

Então por que não funcionou?

Passo o cordão pela cabeça e guardo o pingente embaixo da gola. E então faço a única coisa em que consigo pensar.

Ligo para Lara.

— Espera, espera, calma — diz ela. Eu e Jacob estamos falando um por cima do outro desde que Lara atendeu ao telefone. — Como *assim* o espelho não funcionou?

Ando mais rápido, analisando o cemitério para o caso de meus pais estarem por perto.

— É isso mesmo, não *funcionou*.

Ouço vozes à minha direita. Minha mãe e meu pai.

— Bom, você deve ter feito alguma coisa errada — diz Lara.

Vejo meus pais mais adiante em um dos caminhos secundários, narrando uma história na frente de um túmulo, enquanto Anton e Annette filmam.

— Eu fiz tudo que você me ensinou — respondo, irritada. Pauline olha por cima do ombro e levanta um dedo magro, com a unha pintada, sobre os lábios. Baixo a voz e continuo: — Encurralei o poltergeist. Levantei o espelho, falei as palavras, e aí ele simplesmente *olhou pra cima*. Pra minha cara.

— E empurrou ela do telhado! — acrescenta Jacob.

— Por que você estava num telhado? — pergunta Lara.

— Não faz diferença — falo quase rosnando enquanto esfrego o braço, ainda dolorido da queda. — O que importa é que o poltergeist continua por aí, e, pelo visto, ele é *imune a espelhos*.

Lara bufa, e praticamente consigo *ouvir* ela apertando a ponte do nariz.

— Tá, tá — diz ela baixinho, obviamente falando mais consigo mesma do que comigo. — Vou conversar com o tio Weathershire e ligo de volta. Enquanto isso, fica *longe* do Véu e presta atenção em tudo.

Como se estivesse seguindo uma deixa, o canto de um túmulo desaba perto da equipe de filmagem. Anton pula para longe e quase bate no vidro da porta aberta de uma cripta.

Eu e Jacob trocamos um olhar antes de nos voltarmos para o telefone, e para Lara.

— Depressa.

— Anda, Lara — resmungo, batendo o telefone contra a palma da mão.

Faz uma hora, e ela ainda não ligou de volta.

A equipe terminou as filmagens no Père Lachaise, e seguimos para o metrô. Agora, prendo a respiração enquanto descemos até a plataforma, esperando algo dar errado, torcendo para nada acontecer. O vagão está abafado, mas minto para minha mãe e digo que estou com frio, e ela me entrega o casaco extra que sempre carrega na bolsa. Eu o enrosco ao meu redor, apertando-o contra mim, apesar de estar suando por baixo de tanto pano.

— O que é que você está fazendo? — pergunta Jacob enquanto minhas bochechas coram de calor.

Por enquanto, a única forma que eu tenho de saber que o poltergeist está por perto é com aquele vento frio. Quero ter certeza de que vou senti-lo.

— Você quer virar um termômetro de fantasma.

Puxo as mangas para cobrir as mãos. *Em resumo, sim.*

As luzes piscam no teto, e quase pulo do banco. Mas não há vento, não há qualquer aviso frio, e, um segundo depois, as luzes voltam.

— Isso acontece no metrô às vezes — explica minha mãe, chegando mais perto. — Não se preocupa. Duvido que este vagão seja assombrado.

Ela fala em um tom tranquilo, mas meu estômago revira, um lembrete de que o poltergeist não é minha única preocupação. O Véu continua oscilando ao meu redor, pronto para me puxar no instante em que eu baixar a guarda. Jacob se aproxima até nossos ombros quase se tocarem.

— Não enquanto eu estiver aqui — diz ele.

Saltamos em uma estação chamada Opéra, e saímos para a rua na frente de um prédio enorme de pedras, com mais enfeites do que um bolo de casamento. Segundo meu pai, este é o Palácio Garnier. A Ópera de Paris.

— Achei que O *fantasma da ópera* fosse só um espetáculo da Broadway — comento.

— E é mesmo — responde meu pai.

— Mas você está dizendo que tem *mesmo* um fantasma aqui?

— Estou dizendo que existe uma história.

— A maioria dos contos é inspirada em *alguma coisa* — diz minha mãe, esticando o pescoço.

Entramos na ópera. A galeria inteira é feita de mármore, os redemoinhos de pedra branca e preta interrompidos apenas por enormes candelabros de ferro. As escadas parecem saídas de Hogwarts, com degraus gigantescos que se separam para a esquerda e para a direita, como se levassem para as salas comunais das casas. Quando entramos no auditório, Jacob solta um assobio baixo, impressionado. O lugar é cheio de poltronas estofadas com veludo vermelho e de sacadas, todas as superfícies cobertas de ouro.

Minha mãe, meu pai, Pauline e a equipe seguem para as salas *embaixo* da ópera. Eu resolvo ficar fora dessa, afundando em uma das poltronas de veludo com os *macarons* que sobraram de ontem. Meu pai lança em minha direção um último olhar que diz *fica aí* antes de eles se afastarem pelo corredor.

Observo alguns funcionários no palco, movendo peças de um cenário. Tenho vislumbres de partes sem acabamento, os cabos, as cordas e as laterais expostas. Não demora muito para tudo ir ganhando forma e virar o que parece ser a fachada de uma mansão.

— Gostei — diz Jacob, acomodado ao meu lado. — A gente devia fazer isto mais vezes, essa história de *não* procurar por fantasmas.

— Não é que a gente *não* esteja procurando — digo, minha cabeça girando com pensamentos.

Cada batida do martelo no palco, cada som de madeira arranhando, cada estalo e cada chiado me deixam nervosa.

Quando o celular toca, solto um grito de surpresa e bato com o joelho no braço da poltrona.

Atendo, esfregando a perna.

— Fala.

— Isso são modos? — reclama Lara.

— Quê?

— Esquece, minha mãe que sempre fala assim. Dá pra conversar agora? Onde você está?

— Na ópera.

— Ah, você viu o fantasma? Tem um *monte*, na verdade. Mas meu tio me disse pra não mexer com eles. Não estavam fazendo mal a ninguém, e, pelo visto, alguns fantasmas podem ser bons para os negócios. Não sei se concordo com ele, mas cheguei à conclusão de que os fantasmas podiam esperar pela minha próxima viagem com a escola.

Jacob pigarreia.

— *Enfim* — diz Lara em um tom determinado —, você quer a notícia ruim primeiro, ou a notícia ruim?

— Acho que não é exatamente assim que se usa essa expressão — comenta Jacob.

— Bom, é assim neste caso. Porque nós, ou melhor, *vocês* têm um problema muito grande.

— Que ótimo — respondo, porque parece que esse tipo de problema nunca aparece na minha vida. — Que tal você explicar?

Lara pigarreia.

— Lembra como eu disse que poltergeists são mais fortes do que fantasmas normais porque não estão presos ao Véu?

— Lembro.

— E, como você já sabe, o Véu é adaptado ao fantasma, ao lugar onde ele morreu, o que significa que é basicamente conectado à *me-*

mória dele, sendo isso o que o mantém aqui. Então, se um poltergeist *não* está preso ao Véu, é porque...

— Ele não se lembra — completo quando a ficha cai.

Lara solta o ar.

— Exatamente. É por isso que o espelho não teve efeito. O reflexo só funciona nos fantasmas porque mostra o que eles já sabem, mas ainda não aceitaram.

Observe e escute. Veja e saiba. Isso é o que você é.

— Mas, se alguém mostrar algo de que você *não* se lembra — continua Lara —, o impacto não é o mesmo.

— Se o espelho não funciona — diz Jacob —, como a gente vai *parar* ele?

— O espelho não funciona — responde Lara — porque ele não se lembra de quem foi. O que significa que você precisa fazer com que ele se lembre.

— E como é que eu vou fazer isso? — pergunto. — A gente não tem a mínima ideia de quem ele é... foi.

— Bom — diz Lara —, o que você já sabe sobre ele?

— Nada — rosno, irritada.

— Não seja ridícula. Você *viu* o poltergeist, não viu? Como ele é?

Fecho os olhos, tentando resgatar a única imagem nítida que tenho, do momento em que eu me equilibrava em cima da cripta.

— Ele era baixo, batia no meu ombro.

— Tudo bem, então é jovem.

— Ele tinha cabelo castanho. Roupas antigas.

— Antigas *como*?

— Sei *lá*. Cheia de botões.

Lara emite um som apressado, irritado.

— Bom, da próxima vez, presta mais atenção. Cada detalhe é uma pista. Sua aparência, quando ele começou a te seguir, o que disse...

— Espera — diz Jacob. — Ele falou alguma coisa. Lembra, Cass...?

Jacob para por um momento, tentando pronunciar as palavras corretamente:

— Ãn, dô, tuá, alguma coisa tipo "cata-santo"... — murmura ele. E então acrescenta: — A última palavra com certeza foi *diss.*

— Muito bem, fantasma — diz Lara com má vontade. — Tá, isso é interessante.

— Você sabe o que significa? — pergunto.

— Ele estava *contando* — responde Lara. — *Un, deux, trois, quatre, cinq, six, sept, huit, neuf, dix.* É de um a dez em francês. — Ela abaixa a voz, falando para si mesma tanto quanto para a gente. — Mas por que ele contou *de baixo pra cima* e não *de cima pra baixo*?

— Você fala francês? — interrompo.

— É óbvio — diz Lara, ríspida. — E alemão. A gente precisa aprender dois idiomas estrangeiros na escola. Também sei um pouco de punjabi, por causa do meu pai. Meus pais dizem que línguas são a moeda mais valiosa. *Você* não fala outra língua?

— Eu sei perguntar onde fica o banheiro em espanhol — tenta Jacob.

— Hum. — Mordo o lábio. — Eu decorei todos os feitiços de Harry Potter. — Olho para Jacob. — E consigo falar com fantasmas.

— Parece que não — diz Lara —, ou você não precisaria que eu traduzisse nada. Escuta, até descobrirmos quem esse poltergeist é, *era*, você não tem chance de vencer.

— Valeu pelo voto de confiança — resmungo enquanto a equipe de filmagem volta, com meus pais à frente.

Anton e Annette os seguem, as câmeras apoiadas no ombro enquanto meu pai e minha mãe descem o corredor rumo ao palco. Eles estão gravando as partes que aparecerão junto com a narração, para preparar a cena.

— A minha sugestão — diz Lara — é que você encontre um jeito de descobrir de onde ele veio, como morreu. Me liga quando descobrir alguma coisa que faça sentido. E, Cassidy?

— É, eu sei. Vou tomar cuidado.

Nós duas desligamos, e levanto, passando pelas poltronas. Repasso a conversa com Lara na minha cabeça.

— Ei, Jacob — chamo. — Você lembra, né?

O rosto dele fica um pouco sombrio.

— De quê?

Engulo em seco.

— De quem você era, antes. De como... — Não digo a palavra, mas penso. *Morreu.* O rosto dele se fecha como uma janela, subitamente perdendo toda a cor e o humor.

— É sério?

— Só estou perguntando.

— Eu não sou um *poltergeist*, Cassidy — rebate ele, irritado, o cabelo ondulando ao redor de seu rosto.

Eu estremeço, subitamente gelada, e, por um segundo, acho que o frio vem *dele*. Mas então algo estala no palco, e um pedaço enorme do cenário começa a cair para a frente.

Bem na direção dos meus pais.

CAPÍTULO 12

— Cuidado! — grito, já correndo.

— Cass, espera! — chama Jacob enquanto pulo por cima de uma poltrona e disparo pelo corredor.

Meu pai e minha mãe se viram para mim e depois se voltam para cima, arregalando os olhos ao ver a moldura de madeira se inclinando para a frente. Gritos vêm do palco, e me jogo em cima dos meus pais, torcendo para conseguir empurrá-los para fora do caminho, mas, no último segundo, o pedaço enorme do cenário fica imóvel. Ele para a alguns centímetros das nossas cabeças, com meia dúzia de cordas e cabos o puxando com força.

— *Désolé!* — grita um dos funcionários.

Pauline balança a cabeça e responde em um francês acelerado, parecendo furiosa.

A briga continua por vários segundos demorados antes de ela balançar a cabeça e se virar de novo para nós.

— Coisas do teatro.

Minha mãe ri, um som ofegante, aliviado, e meu pai dá um tapinha no meu ombro. Eu devo estar parecendo tão nervosa quanto me sinto, porque ele me acalma, dizendo:

— Está tudo bem, Cass. Nós todos estamos bem.

— É por isso que eles têm mais de uma corda — acrescenta minha mãe.

Mas meu coração continua batendo disparado enquanto sigo os dois até a rua. Eles podiam ter se machucado. Eles podiam ter *morrido*.

Engulo em seco. Uma coisa é certa: o poltergeist está atrás de *mim*, não dos meus pais. Se nos separarmos, pelo menos *eles* estarão seguros.

— E a gente vai se meter em apuros — diz Jacob, e depois gesticula para meus pais: — Além do mais, como é que escaparíamos dos Espectores?

Boa pergunta.

Minha mente analisa as alternativas. Então viramos a esquina, e diminuo o passo ao ver um cinema.

Tenho uma ideia.

A maioria dos filmes é em francês, óbvio. Os únicos em inglês são um filme de terror — passo, muito obrigada — e uma comédia romântica adolescente, uma dessas histórias genéricas bonitinhas, o pôster exibindo uma garota e o rosto de vários garotos em balões de pensamento acima da sua cabeça.

E a próxima sessão começa em dez minutos.

Paro, admirando o pôster.

— Eu queria assistir esse — digo baixinho, como se falasse comigo mesma.

Minha mãe passa um braço por cima dos meus ombros.

— Desde quando você gosta de comédias românticas?

Dou de ombros.

— Sei lá. A Lara me falou desse filme. — É óbvio que ela não fez nada disso, mas é uma mentira muito inocente. — Parece divertido. Acho que cansei um pouco dos fantasmas. Estou de férias, afinal. E Paris é sensacional, mas eu só... eu queria muito fazer alguma coisa *normal*.

Aponto para a hora da sessão, olho para minha mãe e continuo:

— E vai começar agora. Posso assistir? Vocês me buscam no final.

Minha mãe faz biquinho.

— Mas a gente vai na Rue des Chantres agora! Você não vai querer perder.

Mordo o lábio e baixo os ombros.

— Tudo bem.

Jacob bate palmas para a minha performance digna de um Oscar. Meus pais trocam um olhar, depois conversam baixinho, e então minha mãe concorda com a cabeça, dizendo:

— Pode assistir.

Jogo os braços ao redor dela.

— Obrigada.

Meu pai passa algumas notas pela janela da bilheteria, e me dá dinheiro para comprar refrigerante e pipoca. Depois diz:

— Vamos voltar *antes* do filme terminar. — Ele aponta para a calçada. — Estaremos bem aqui.

Aceno em despedida e entro, comprando um lanche na bombonière, deixando o funcionário do cinema rasgar meu ingresso. Ele aponta para a primeira sala à esquerda, e eu e Jacob seguimos para o cinema escuro.

— Um filme — diz Jacob, afundando na poltrona de couro. — É bom mudar um pouco o foco.

Tomo um gole do refrigerante e olho para o telefone, esperando um minuto passar, depois dois. Ajusto o cronometro para duas horas.

Jacob me observa.

— A gente não vai ficar pro filme, né?

Levanto, deixando o balde de pipoca aos meus pés.

— Não.

Jacob suspira.

— Só uma vez — diz ele —, eu queria que a gente fizesse alguma coisa normal.

Abro a porta marcada como SAÍDA, seguimos por um corredor e chegamos a uma rua de Paris.

— Que graça teria isso?

Paris é uma cidade *grande*, e, enquanto estamos parados na rua, com os quarteirões se alongando em todas as direções, duas horas deixam de parecer muito tempo.

— Tempo pra quê? — pergunta Jacob, pela primeira vez incapaz de entender meus pensamentos aleatórios.

A culpa não é dele. Minha cabeça está girando com tudo que sei e tudo que *não* sei.

Preciso lembrar o poltergeist de quem ele é... foi.

Para isso, preciso descobrir quem ele é... foi.

Para isso, preciso descobrir mais sobre ele.

Para isso...

Respiro fundo e estico a mão até o Véu, puxando-o para o lado antes mesmo de Jacob conseguir abrir a boca para reclamar.

Saio do mundo, em um momento de queda livre, como uma topada, para um mergulho na escuridão. Então Paris se restabelece ao meu redor, mais estranha, mais cinza, mais *velha*. As construções parecem diferentes, deixando de serem fileiras uniformes de pedra pálida, mas desiguais, como uma bainha esfarrapada.

Curvo as mãos ao redor da boca e grito com toda força:

— EI, FANTASMA!

As palavras ecoam pela neblina. Respiro fundo e berro.

— NÃO ADIANTA SE ESCONDER, EU VOU TE ACH...

Jacob surge, tampando minha boca com uma mão.

— O que você está fazendo? — rosna ele.

Eu me solto.

— Estou cansada de deixá-lo decidir as regras. Não quero mais fazer isso do jeito dele. Quero fazer do meu.

— E sua melhor ideia é berrar até ele aparecer?

— A gente precisa dar uma olhada na cara dele, né?

— É, mas, da última vez que vocês se viram, ele empurrou você do telhado.

— Bom, desta vez, meus dois pés estão no chão. E além do mais...

Minha voz desaparece. Por cima do ombro de Jacob, uma sombra toma forma na névoa, vindo na nossa direção.

Mas, quando a figura se separa da neblina, não é o poltergeist.

É um homem de terno antigo. Ele ergue uma pistola velha, mirando na minha direção, e Jacob me puxa para fora do Véu antes de o tiro disparar.

Eu passo por uma onda de água fria e aterrisso de bunda no chão no meio-fio da Paris atual. Jacob se agiganta sobre mim, cruzando os braços.

— Você devia ter imaginado que isso aconteceria.

Levanto, esfregando minha calça jeans, e começo a andar.

Assim que acho que já me afastei o suficiente do fantasma armado, respiro fundo e volto a alcançar o Véu.

— Espera... — começa Jacob, mas é tarde demais.

Já atravessei.

Um tremor, um mergulho, um segundo de escuridão, e volto ao intermédio.

O Véu é diferente aqui; a cidade continua antiga, porém um pouco mais moderna.

Há uma ponte um pouco adiante, um arco de pedras decorado com estátuas e postes. Quando começo a cruzá-la, uma carruagem passa do outro lado, fazendo barulho, puxada por uma dupla de cavalos pretos brilhantes.

Um homem toca acordeão às margens do Sena lá embaixo, a música alta e aguda, como se conduzida por uma brisa.

Duas mulheres caminham de braços dados, usando vestidos chiques, as saias tão largas quanto a calçada, as cabeças inclinadas para baixo enquanto sussurram.

Tiro o pingente de espelho do bolso de trás da calça e enrosco o cordão na minha palma enquanto caminho, torcendo para os fantasmas não notarem. Seus olhos passam rápido por mim, como se soubessem que não pertenço a este lugar, mas ninguém tenta fazer contato comigo, e não tento fazer contato com ninguém.

— Você sabe qual é a definição de loucura, não sabe? — pergunta Jacob, surgindo ao meu lado. — É repetir a mesma coisa várias vezes seguidas, sempre esperando um resultado diferente.

— Não estou repetindo a mesma coisa. Você tinha razão, gritar foi uma péssima ideia.

— Que ótimo. Então qual é a nova estratégia?

— Vou andar.

— Até onde?

— Até o fim do Véu.

Chego ao outro lado da ponte e, mais ou menos um quarteirão depois, o intermédio finalmente muda de novo, afinando entre o Véu de um fantasma e do próximo, até virar nada além de um pedaço vazio, uma costura, um lugar onde fantasmas normais não alcançam. Mas um fantasma, um espírito que não está preso ao Véu...

Fico parada ali, a luz azul-esbranquiçada brilhando do meu peito como um farol.

Aparece logo, vai, penso.

Mas não há sinal dele nem de ninguém.

— Talvez ele esteja brincando de se esconder — observa Jacob.

As palavras acionam algo na minha cabeça, acertando um alvo, um pensamento que não sei bem identificar. Estou começando a ficar tonta por passar tanto tempo no Véu, o ar rareando em meus pulmões.

Solto um grunhido de frustração e volto para a terra dos vivos, desabando sobre um banco para retomar o equilíbrio.

Pensa. Pensa. Pensa.

Jacob desaba ao meu lado.

— Não foi uma ideia ruim — diz ele, tentando me consolar e nitidamente também torcendo para eu desistir, para irmos assistir ao restante do filme.

Mas não posso fazer isso. Estou *quase* lá. O poltergeist passou esse tempo todo perto de mim, então não há motivo para acreditar que ele desapareceu completamente agora. Não, ele deve estar se contendo, esperando. Pelo quê?

Brincando de se esconder.

Brincando.

Eu me empertigo e olho para Jacob.

— Acho que você tem razão!

Ele cruza os braços.

— Não precisa usar esse tom de surpresa. — Então ele acrescenta: — Sobre o que eu tenho razão?

Mas já estou de pé, esticando a mão para o Véu.

O mundo desaparece, volta, e me apoio em um poste, já tonta. É como mergulhar em uma piscina para pegar moedas no fundo. Você prende a respiração, desce mais vezes do que deveria e começa a sentir dificuldade para voltar à tona. Porém, agora, em vez de gritar ou procurar, olho ao redor do mundo cinza sem graça e encontro a frente de um prédio, adornado com colunas.

Puxo Jacob para trás da mais próxima e me agacho, pressionando a câmera contra meu peito para esconder a luz.

Alguns segundos depois, sinto um ar frio na nuca, e quase dou um pulo antes de perceber que é Jacob.

— Você está respirando em mim — sussurro, tentando não estremecer.

— Desculpa — sussurra ele de volta. — Mas o que é que a gente está fazendo?

— Nos escondendo.

Esse tempo todo, o poltergeist estava brincando. E, até agora, ele criou as regras do jogo. Esse tempo todo, ele *nos* seguiu. Então por que não seguimos *ele?* Talvez ele nos leve a algum lugar. Talvez a gente encontre uma pista. Talvez possamos...

— Quantos talvez — comenta Jacob.

— O talvez é uma pequena chama na escuridão — resmungo, quase para mim mesma.

Minha mãe adora dizer isso quando empaca em uma história. Ela começa a dar opções para si mesma, temas em potencial, transformando cada beco sem saída em um novo caminho apenas com o acréscimo de uma simples palavra: *talvez.*

Talvez é uma corda jogada em um buraco, ou a chave para uma porta.

Talvez é como encontramos um caminho.

Só precisamos esperar ele aparecer.

Nós esperamos. Um minuto. Três. Cinco.

Minha cabeça passa a latejar, e começo a ter dificuldade para respirar. Um lembrete de que eu não devia estar aqui, de que não tenho os requisitos necessários.

Mas *juro* que consigo sentir o poltergeist por perto, um resquício de frio pairando no ar.

— Cassidy — alerta Jacob, mas não me mexo.

Só mais um pouquinho.

— *Cass.*

Tenho certeza de que ele vai aparecer.

Minha visão embaça um pouco, e, quando tento engolir, sinto o gosto do rio na garganta. O pânico me atravessa quando tento respirar, tento levantar, mas o Véu balança, e a escuridão cobre meus olhos, seguida pelo nada.

CAPÍTULO 13

Quando dou por mim, estou sentada no meio-fio, de volta ao mundo real, com carros correndo por um cruzamento movimentado, a cidade cheia de cores e barulhos. Minha cabeça está latejando, e pressiono a palma das mãos contra os olhos antes de olhar para cima, para Jacob, que se agiganta translúcido sobre mim.

— Chega — diz ele, os braços cruzados. — Essa foi por muito pouco.

— Podia ter dado certo — resmungo, me levantando. — Teria dado, se...

Sou interrompida por um calafrio repentino, forte, e, um segundo depois, um caminhão vira a esquina.

Tenho o vislumbre brevíssimo de uma sombra antes de a porta da caçamba do caminhão abrir e seu conteúdo começar a cair. Caixas de papelão e de madeira se espatifam pela rua, seguidas por uma enorme moldura dourada que vem girando na minha direção.

O estalo da madeira.

O brilho do vidro.

Corre, penso, mas minhas pernas estão paralisadas.

— ... *CAS...*

Jacob chama meu nome, mas a palavra sai toda esticada e devagar.

— ... *SI...*

Tudo está lento demais.

— ... *DY...!*

Tudo, menos a vidraça quebrada que vem na minha direção.

— Cuidado!

E então algo me acerta. Não a moldura, mas um par de mãos. Elas se firmam contra minhas costas e empurram, e cambaleio para a frente, para dentro da calçada, ralando as mãos enquanto a moldura acerta o muro de pedra e faz vidro chover na rua atrás de mim.

Eu me viro e vejo Jacob parado ali, entre os cacos. E, antes de eu começar a me perguntar como ele conseguiu fazer aquilo, olho para seus pés e me dou conta de que não é um vidro comum.

É um *espelho.*

Mil fragmentos espalhados aos seus pés.

— Não olha! — grito, porém é tarde demais.

Jacob olha para baixo.

Seus olhos azuis se arregalam. Seu corpo inteiro oscila, afina, do jeito que aconteceu da última vez que ele se viu, preso em um reflexo. Um tom de morte começa a tomar sua face, o cabelo escurecendo com a água.

Mas então — de algum jeito — Jacob se liberta.

Ele estremece, fecha os olhos com força e desaparece, a breve tremulação cinza no ar ao seu redor sendo a única dica para o seu destino.

O Véu.

As pessoas na rua se aproximam correndo, mas, antes de conseguirem me alcançar, já estou de pé, pegando a cortina cinza fina. Eu a jogo para o lado, correndo atrás de Jacob. Depois de um breve segundo de queda, estou de pé. O Véu se estica, silencioso e cinzento. Ele está fino aqui, os detalhes desbotados, um intermédio do intermédio. Um lugar que não pertence a fantasma algum.

Há pontos em que o Véu é nada, um pedaço de papel em branco. Mas Paris é assombrada demais para isso, e, mesmo aqui, o Véu não está completamente vazio. Uma leve impressão da cidade, fantasmagórica em sua superfície pálida. E, obviamente, há algo cheio de detalhes.

Jacob.

Ele está parado, respirando pesado enquanto pressiona a palma das mãos contra os olhos.

— Jacob? — chamo, tentando manter a voz tranquila.

Ele não responde, mas a palidez sumiu de sua pele, e todos os resquícios de umidade desapareceram de sua roupa e cabelo.

— Jacob — repito, e, desta vez, ele solta a respiração, trêmulo, e se empertiga, tirando as mãos dos olhos.

— Estou bem — diz ele.

— Como você fez aquilo? — pergunto, e sinceramente não sei se estou falando sobre ele ter me *empurrado* ou de ter se libertado do próprio reflexo.

Ele apenas balança a cabeça.

— Jacob...

— Eu disse que estou *bem*.

O tremor desapareceu de sua voz, substituído por algo que quase nunca escuto. Irritação. Raiva. Seu cabelo está um pouco bagunçado, como se uma brisa estivesse soprando. Abro a boca, mas, antes que consiga dizer alguma coisa, eu sinto.

Frio.

Um calafrio entre minhas omoplatas. Eu me viro, e Jacob também. E ali, a meio quarteirão de distância, gritante como uma gota de tinta vermelha sobre um papel em branco, está o poltergeist.

O menino fica parado lá, arrastando o sapato fora de moda na calçada, seus cachos castanhos caindo para o lado quando inclina a cabeça. Seu corpo é cercado por luz vermelha, os olhos arregalados brilhando com o mesmo tom sinistro.

E, quando ele olha para cima e vê que chamou nossa atenção, sorri.

Levanto a câmera, já apertando o flash, mas ele bloqueia os olhos antes de virar e sair correndo.

Não como se estivesse assustado, nada disso.

Mas como se a gente realmente estivesse brincando.

Pega-pega.

É a sua vez.

— Cass! — grita Jacob, mas já estou correndo.

O Véu tremula ao meu redor, os detalhes se misturando e se apagando enquanto passo do mundo de um fantasma para outro, com Jacob atrás de mim.

O poltergeist é rápido, rápido demais — ele não se move como uma criança correndo, mas como uma série de fotos, pulando momentos. E então, quando acho que ele vai escapar, o Véu oscila ao nosso redor, muda de forma, e, de repente, sei onde estamos. Já estive aqui antes.

A entrada das Catacumbas.

Ela parece diferente dentro no Véu. Mais antiga. Não há uma pintura verde recente, não há porta de madeira, apenas um portão de ferro. O menino, tão pequeno, passa por uma fresta entre a grade e a parede, lançando um último olhar vermelho para mim antes de desaparecer na escuridão.

Eu me jogo contra o portão segundos depois, mas está trancado.

Puxo as grades. Elas balançam, mas não cedem. Não vou conseguir passar pela fresta.

— A gente precisa ir atrás dele — digo, ofegante.

— Não — responde Jacob ao meu lado. — É exatamente isso que *não* precisamos fazer.

Eu me afasto do portão.

— Você é um fantasma! — digo para Jacob, gesticulando para a barricada. — Será que não dá pra...

— Pra quê? A gente está no *Véu*. Eu sou quase de carne e osso aqui. E ainda não sabemos quem é o poltergeist!

— Ele tentou me matar!

— E isso, na minha opinião, é mais um motivo pra *NÃO* irmos atrás dele até sabermos como ganhar essa briga. A Lara disse *com todas as letras* pra você não se meter com a criança morta esquisita.

Olho para trás.

— Desde quando você concorda com a Lara?

Ele levanta as mãos.

— Pois é. Também estou surpreso. E você *nunca* pode contar isso pra ela. — Ele gesticula para a entrada das Catacumbas. — Mas, olha, pelo menos a gente descobriu alguma coisa.

Eu me viro para o portão.

Jacob tem razão.

O poltergeist não está *preso* ao Véu, não está conectado a qualquer momento ou memória, mas isso não significa que ele não tenha uma. Ele poderia ter ido a qualquer lugar, mas veio para *cá*. Por quê? Talvez seja apenas um esconderijo, mas acho que é outra coisa.

Sinto o frio atravessando o portão, vejo o leve brilho vermelho na grade. A luz estranha delineia a entrada como um lápis colorido, como se o poltergeist e as Catacumbas fossem feitos da mesma coi-

123

sa, manchados dela. E me lembro da primeira vez que vi esse brilho vermelho sinistro, nos túneis entre os ossos, e me pergunto se foi aqui que aconteceu.

Se foi aqui que ele morreu

— Vamos, Cass — diz Jacob, pegando minha mão.

Deixo que ele a segure, mas não antes de dar um chute forte nas grades de ferro.

— Eu vou pegar você! — grito.

Você, você, você, ecoa minha voz pela escuridão. Como se me respondesse, uma sombra atravessa o Véu, e uma névoa vermelha se aproxima da grade.

— É — diz Jacob —, provoca mesmo o poltergeist. Que *ótima* ideia.

Ele me puxa para longe do portão, e eu obedeço.

Um instante depois, o filtro cinza do Véu desaparece, e o mundo volta a ser nítido, colorido, iluminado. O sol está quente, e o quarteirão está lotado, com multidões de turistas fazendo fila diante da cabine de madeira verde, esperando sua vez para descer até os túmulos.

Perto dali, um relógio bate.

— Hum, Cass — diz Jacob, mas já estou pegando o telefone para ver o cronômetro.

Ah, *não*.

CAPÍTULO 14

Prova de fogo.

É assim que chamam quando você aprende algo sob pressão.

Como entender o metrô de Paris.

Eu queria muito ter prestado mais atenção na última vez que estivemos aqui. A sorte é que marquei a localização do cinema no meu celular, e o aplicativo me diz qual linha do metrô pegar. E é o mesmo trem. Nem precisamos fazer baldeação.

O trajeto, segundo o telefone, levará 19 minutos.

O filme, segundo o cronômetro, terminará em 24.

Parece tempo suficiente até um aviso laranja surgir na tela, dizendo que o metrô está dois minutos atrasado.

Jacob conta nos dedos, franzindo a testa, e fico me balançando para a frente e para trás sobre os calcanhares até o trem finalmente chegar à estação, e me jogo para dentro do vagão. Após 19 minutos, atravesso correndo o quarteirão, entro pela porta dos fundos do cinema, sigo o corredor e entro na sala três.

Desabo sobre a poltrona, derrubando o balde de pipoca que deixei no chão, e olho para cima bem a tempo de ver os dois personagens principais se beijando no topo de um prédio em Nova York enquanto música toma conta da cena.

— Talvez um dia — diz Jacob, enquanto os créditos começam a subir — a gente possa ficar e assistir ao filme.

Meus pais estão esperando do lado de fora, como prometido. Não há sinal da equipe de filmagem nem de Pauline, que obviamente já terminaram o trabalho do dia.

— Como foi o filme? — pergunta minha mãe.

— Exatamente do que eu estava precisando — respondo. — Como foi à Rue des Chantres?

— Ah, maravilhosa! — exclama minha mãe. Ela passa um braço por cima dos meus ombros. — E maravilhosamente assombrada. Vamos voltar pro hotel. Conto tudo no caminho...

Sei que tem alguma coisa errada no instante em que pisamos no hotel.

Não sinto um calafrio gélido nem uma corrente de vento frio repentina, mas há um certo clima no ar. Tem gente demais na recepção, e metade delas parece ter passado por uma tempestade. O que é esquisito, porque faz sol desde que chegamos a Paris.

A recepcionista nos vê e franze a testa, como se fôssemos responsáveis pelo problema, seja lá qual for.

Eu me remexo um pouco. Talvez a gente *seja*.

— O que houve? — pergunta meu pai, se aproximando do balcão.

A testa da recepcionista se franze ainda mais.

— Ah, Monsieur Blake. Houve um *incidente*, como o senhor pode ver. — Ela gesticula para os hóspedes molhados espalhados pelo saguão. Lá vem. — Os sprinklers dispararam no terceiro andar. Uma coisa muito esquisita. Parece que o alarme foi acionado no seu quarto.

— Não fui eu! — diz Jacob, rápido, levantando as mãos. — Com certeza é algo que eu *faria*, mas não fiz.

Reviro os olhos. Isso é *óbvio*.

Meu pai balança a cabeça.

— Mas nós passamos o dia todo fora.

— Pode até ser — responde a recepcionista —, mas *alguma coisa* no seu quarto acionou o alarme de incêndio e, por sua vez, os sprinklers. Talvez — acrescenta ela, tirando algo de trás do balcão — tenha sido *le chat noir.*

Ela coloca a caixa de transporte de Ceifador sobre o balcão.

Um par de olhos verdes nos encara, parecendo tão feliz quanto a recepcionista enquanto ela empurra a caixa para nós.

— Você acha que nosso *gato* deu um jeito de acionar um alarme de incêndio? — pergunta minha mãe.

— *Je ne sais pas* — responde a mulher em um tom brusco. — O que eu *acho* é que o hotel Valeur *costuma* ser um ambiente tranquilo...

Meu pai cora, e a recepcionista continua:

— Removemos seus pertences o mais rápido possível. Garanto que eles estarão limpos e secos no seu novo quarto. Infelizmente, como podem ver, as acomodações ainda não estão prontas. — Ela aponta com a cabeça para um carrinho de bebidas, sem sorrir. — Por favor, tomem um café enquanto aguardam.

Meu pai começa a dizer alguma coisa, mas minha mãe segura seu cotovelo com uma mão, a caixa de Ceifador com a outra, e nos leva para um conjunto de poltronas para esperar.

— Ele era mais magro — diz Jacob, empoleirado no braço de um sofá do saguão.

Estou sentada de pernas cruzadas no chão de mármore, com um pedaço de papel e um dos lápis mastigados da minha mãe. Já fiz uma lista com o que sabemos sobre o poltergeist, acrescentando "Catacumbas" embaixo das palavras "baixo" e "jovem" e, por insistência de Jacob, "assustador". Agora, tento fazer um desenho com Jacob espiando por cima do meu ombro, dando sugestões; algumas são úteis, outras são irritantes.

Meu pai lê um livro enquanto minha mãe tamborila as unhas sobre o fichário do programa, distraída, fazendo um *dã-dã-dam* baixinho enquanto esperamos.

Eu tento me concentrar no desenho.

— Não, a cabeça era mais tipo... — Jacob posiciona as mãos como se estivesse segurando uma bola de basquete. Ou... de futebol americano? Uma bola de futebol americano torta?

— Você não está ajudando — resmungo, apagando minha primeira tentativa, preferindo me concentrar nas roupas.

Eu queria poder passar o lápis para Jacob. Infelizmente, apenas um de nós é real o suficiente para segurá-lo, então acabo enchendo o papel fino de marcas de borracha.

— Não seria ótimo se a gente tivesse uma coisa que conseguisse capturar a imagem das pessoas... como é mesmo o nome daquele negócio? — diz Jacob. — Ah, é, UMA CÂMERA.

Reviro os olhos. Minha câmera capta partes do Véu, mas, da última vez que tentei, sua reprodução de fantasmas não funcionava. E, mesmo se desse certo, não tenho uma sala escura nem tempo de revelar um rolo de filme só para *talvez* conseguir uma foto de um garoto morto sinistro para sair perguntando por aí se alguém sabe quem ele era antes de começar a me assombrar.

Jacob cruza os braços.

— Bom, quando você encara as coisas *desse* jeito...

Ele está mal-humorado desde o incidente com o espelho.

— Não estou, não — resmunga.

Eu me seguro, controlando a vontade de perguntar novamente a Jacob sobre seu passado, sobre sua memória. Mas sei que ele escuta meus pensamentos, porque faz cara feia e olha para o outro lado, de propósito.

Continuo concentrada no desenho até ter uma imagem decente do poltergeist. Um menino de meias pretas compridas, bermuda até a altura dos joelhos, algo que pode ser uma camisa ou um paletó, com uma gola larga amarrada na frente, como um lenço.

Cachos castanhos cobrem o topo de seu rosto redondo, mas há algo faltando.

Tiro uma caneta vermelha da bolsa e desenho círculos ao redor dos olhos.

Pronto.

Tiro uma foto com o celular e mando o desenho para Lara. Ela responde quase imediatamente.

Lara: Você fez aula de desenho na sua escola americana?

Eu: Não.

Lara: Dá pra perceber.

Jacob ri. Resisto à vontade de mandar uma resposta atravessada, mas só porque vejo que ela continua digitando.

> Lara: As roupas parecem do começo do século XX.

> Lara: Você descobriu o nome dele?

> Eu: Ainda não.

Dã-dã-dum.

Olho de novo para minha mãe, segurando o fichário do programa, e me sento com a coluna ainda mais reta.

— Posso dar uma olhada aí? — pergunto, esticando a mão para pegar o fichário enquanto ela concorda com a cabeça.

Eu o coloco no colo e começo a folhear as páginas com as locações, passando pela Torre Eiffel, o Jardim de Luxemburgo...

Então encontro: as Catacumbas.

Passo os olhos pela ficha de informações, que é basicamente a história da construção da tumba, os cemitérios que abasteceram o espaço.

— O que você está procurando? — pergunta meu pai, se inclinando para a frente como se conseguisse sentir o *cheiro* de pesquisa. Eternamente professor, seus olhos brilham diante da minha busca óbvia por informações.

Minha boca já está aberta, pronta para dizer a palavra *nada* no automático, quando paro.

Meu pai é o meu pai, mas também é um historiador.

Ele é a pessoa perfeita para perguntar.

— Quando a gente estava nas Catacumbas — digo —, vocês falaram que pessoas já se perderam lá embaixo.

Ele concorda com a cabeça, sério.

— Isso mesmo, não é uma boa ideia sair andando por ali. Mas não que gente idiota se intimide com o perigo. A história está cheia de pessoas que simplesmente pensaram: "Nada de mal vai acontecer *comigo*".

— É verdade — digo, rápido. — Mas você anotou o nome delas?

Sei que posso estar forçando a barra, tendo mais esperança do que certeza, porém a maneira como a luz vermelha manchava aquele lugar, como o mesmo frio estranho soprava lá de dentro, fazia com que as Catacumbas parecessem uma extensão do menino. Como se pertencessem a ele, ou ele pertencesse a elas.

Prendo a respiração enquanto espero a resposta do meu pai.

— Aí, não — diz ele, e meu coração se aperta um pouco. E então ele acrescenta: — Mas com certeza escrevi em algum lugar.

Ele pega um caderno de couro gasto, do tipo que sempre carrega no bolso de trás da calça. Nunca fiquei tão feliz por meu pai ser nerd.

— Eu e sua mãe encontramos um monte de histórias — diz ele, virando as páginas. — Não usamos todas no programa. Ah, aqui está. Tiveram dois jovens que faziam um mochilão. Valerie e Michel Gillet. — Ele lambe o dedão e vira a página. — Um americano mais velho, George Kline. Um menino chamado Thomas...

— Qual era a idade dele? — interrompo, meu coração batendo disparado no peito.

Meu pai move os lábios enquanto faz as contas, e então diz:

— Uns sete anos.

É isso. É *ele*. Eu sei que é, com todas as minhas forças.

— Qual era mesmo o nome dele?

— Thomas — responde meu pai, pronunciando como *Tô-MÁ*. — Thomas Alain Laurent.

Treino o nome com a língua.

— O que aconteceu com ele?

— Não sabemos direito. Ele desapareceu em 1912. Entrou escondido nas Catacumbas com o irmão e nunca mais voltou. — Meu pai levanta uma sobrancelha. — Por que essa curiosidade toda?

Eu hesito.

— Sei lá. Desde que a gente foi às Catacumbas, não consigo parar de pensar nas pessoas que não *deviam* estar enterradas lá.

— Você parece o seu pai — diz minha mãe. — Sempre atrás de respostas.

Ele abre um sorriso radiante, nitidamente orgulhoso por ter criado uma pesquisadora. Mesmo que as respostas que estou procurando sejam bem *paranormais*. Também puxei a minha mãe.

— Monsieur Blake — chama a recepcionista do balcão. — O quarto novo está pronto.

CAPÍTULO 15

Pegamos nossas coisas (uma câmera, uma pasta com as filmagens, um fichário do programa e um gato muito irritado) e subimos. O quarto fica no segundo andar agora, e, enquanto minha mãe abre a porta, respondo à última mensagem de Lara.

> Eu: Thomas Alain Laurent.

O celular toca quase na mesma hora.

— Impressionante — diz Lara. Escuto os dedos dela batendo em um teclado. — Já é um começo.

Eu fico para trás no corredor.

— Um começo? Eu sei o *nome* dele.

— Ele não vai desaparecer porque você descobriu um nome — responde Lara. — Isso não adianta de muita coisa sem as memórias.

Eu me encosto no papel de parede.

— Estou com saudade da época em que eu só precisava levantar um espelho.

— Que bobagem — diz Lara. — Todo mundo adora um desafio.

— Pra você é fácil falar. Só hoje, eu fui empurrada de um telhado, quase esmagada pela peça de um cenário e quase não consegui escapar de ser atropelada por um espelho gigante. Sem mencionar que ele inundou nosso quarto de hotel.

— Você teve um dia e tanto.

— Pois é, acho que passamos da fase das brincadeiras de mau gosto. — Baixo a voz. — Estou preocupada, Lara. Com meus pais. Comigo. Estou com medo de ele me pegar desprevenida. Estou com medo do que ele pode fazer antes de eu conseguir encontrá-lo.

— É, quanto a isso... seria bom você ter alguma proteção. O tio Weathershire disse pra usar sálvia e sal pra afastar espíritos fortes.

— E onde é que eu vou arrumar sálvia e sal? — pergunto.

— Sorte sua que eu existo.

— Por mais que eu seja grata por isso, você está em outro país.

— Você não recebeu minha caixa?

— Quê?

Finalmente entro no quarto do hotel e vejo um pacotinho marrom, mais ou menos do tamanho e do formato de um livro, amarrado com uma fita preta. Por azar, minha mãe também nota. Ela pega a caixa, lê a etiqueta e me encara.

— Cassidy Blake, você *comprou* alguma coisa na internet?

— É da Lara — digo, tirando a caixa das mãos dela.

Vou para o quarto e examino o pacote. Um bilhete dobrado no topo diz: PARA CASSIDY BLAKE, COM CUMPRIMENTOS.

— Depois que a gente conversou ontem — continua Lara —, liguei para algumas pessoas. Meu tio tem... bom, tinha um monte de contatos no mundo paranormal, incluindo um casal aí em Paris. Pessoas muito legais.

Viro o cartão. No verso, está assinado: *La Société du Chat Noir*.

Lembro da recepcionista chamando Ceifador de um *chat noir*.

— A Sociedade do Gato Preto — traduz Lara para mim. — Um grupo fascinante, muito eclético e, é óbvio, muito secreto. Eles têm unidades na maioria das metrópoles, mas você precisa conhecer alguém que conhece alguém...

Analiso o cartão. Primeiro foram poltergeists, agora sociedades secretas? Estou começando a me dar conta de quão pouco sei sobre o mundo paranormal além do programa dos meus pais e das minhas próprias experiências no Véu.

— E você faz parte dessa sociedade? — pergunto, deixando o cartão de lado.

— Ainda não — responde Lara, parecendo irritada. — Eles são bem rígidos com o limite de idade. Mas abri uma solicitação para eu ser uma exceção especial.

— Você merece mesmo — resmunga Jacob.

Abro a caixa, e ele começa a espirrar no mesmo segundo.

— Ah, é — diz Lara —, eu devia ter avisado. Sálvia e sal funciona com *todos* os fantasmas.

— Está na cara... *atchim!*... que você sabia... *atchim!*... que isso ia... *atchim!*... acontecer.

Fecho a caixa.

Jacob olha com raiva, fungando.

— Valeu, Lara — digo.

— É — resmunga Jacob, indo para a janela aberta. — Valeu.

Naquela noite, escondo um saquinho com sálvia e sal no paletó do meu pai e na bolsa da minha mãe, torcendo para que seja suficiente para afastar o poltergeist.

Dos meus pais, pelo menos.

Os sachês também parecem ter efeito em Jacob.

Geralmente, ele só vai embora quando estou pronta para dormir, mas não o vejo desde o jantar. Ele disse que iria patrulhar o hotel em busca de Thomas. Mas imagino que, na verdade, esteja atrás de hóspedes para assustar. Por outro lado, talvez ele só queira escapar das ervas extras que espalhei pelas janelas e do lado de fora da porta, porque não aguento nem pensar na possibilidade de Thomas entrar aqui de madrugada.

E, mesmo com os sachês, não consigo dormir.

No fim das contas, saio debaixo das cobertas e abro a janela, me apoiando na grade de ferro. A brisa está fria, o Véu sussurra contra minha pele. Puxo o pingente de baixo da minha gola, deixo o espelho girar na corrente entre meus dedos, meu reflexo indo e vindo, indo e vindo.

Um espelho que nos mostra aquilo que sabemos.

Penso em Jacob, no seu rosto hoje diante do espelho quebrado, na forma como ele se afastou do reflexo.

Um poltergeist é o que acontece quando um fantasma esquece.

Fecho os olhos, cruzando os braços sobre a grade.

Jacob deve ter tido sorte. Ele não devia estar olhando de verdade.

Ele não está esquecendo, digo a mim mesma.

Ele não está esquecendo.

Sinto minha cabeça pesando.

Ele não está...

O alarme de um carro dispara a algumas ruas de distância. Eu me endireito com um pulo, o coração acelerado, enquanto outro alarme dispara, depois outro, como se alguém estivesse batendo em todos os capôs.

— Thomas Alain Laurent.

Digo o nome para a escuridão, como se as palavras fossem conjurá-lo, mas não há nada aqui. Olho para a rua lá embaixo, quase esperando ver um garotinho me encarando de volta. Mas tudo está vazio.

Mesmo assim.

Algo me atravessa, como um calafrio.

E escuto, baixo como o assobio do vento:

— *Un... deux... trois...*

Não sei o que me faz pegar a câmera (talvez um palpite, ou a breve lembrança de como, uma vez, ela me permitiu enxergar através do próprio Véu), mas, quando levo o visor até meu olho e ajusto o foco, a noite ao fundo, a rua lá embaixo, tudo começa a se mexer e embaçar.

— *... quatre... cinq... six...*

E lá está ele.

Thomas Alain Laurent está de pé na rua, a cabeça inclinada para trás, virada para a janela aberta, suas extremidades ondulando, os olhos brilhantes, vazios e vermelhos, focados em mim. Tiro uma foto, sem flash. Passo o filme. Bato outra. Como se estivesse com medo de ele desaparecer entre os cliques.

Thomas para de contar e estica a mão, um convite para eu descer e brincar.

Ele abre um sorriso travesso, mas, quando balanço a cabeça, seu sorriso desaparece, se tornando uma expressão de escárnio infantil. O efeito é tão repentino e sinistro que afasto o visor do olho. Sem ele, a rua lá embaixo parece vazia de novo.

E, quando retomo a coragem de levantar a câmera e olhar de novo, Thomas sumiu.

CAPÍTULO 16

O chão estremece e as paredes balançam, como se o hotel inteiro estivesse se movendo.

Estou agachada atrás de uma coluna, tentando fugir dos escombros que voam pelo saguão.

— Jacob, me escuta! — grito sobre o som de quadros batendo e vidro quebrando.

Ele está encolhido no centro do chão de mármore, o ar ao seu redor girando freneticamente.

— *Para* — implora ele enquanto água escorre de suas roupas, pingando no piso. Seu cabelo flutua ao redor de seu rosto, que está pálido, cinzento.

— Cassidy! — ordena Lara de trás do balcão. — Você precisa convencer Jacob a terminar a travessia.

Não. Eu ainda posso salvá-lo.

Pego a câmera, respiro fundo e saio correndo de trás do abrigo da coluna, já mirando a lente em Jacob. Aperto o flash, torcendo para o brilho libertá-lo, trazê-lo de volta a si. Mas a câmera não funciona, e, antes que eu consiga tentar de novo, uma rajada violenta arrebenta a corda e a arranca da minha mão. Ela bate em uma parede distante com um baque terrível. Não, não, não.

Outra rajada de vento me joga para trás, e luto para permanecer de pé.

— Jacob! — grito enquanto o teto estala e racha, fazendo chover poeira.

O hotel treme ao nosso redor, como se estivesse prestes a cair.

— Para — diz Jacob, finalmente erguendo a cabeça. — Me faz parar.

E, quando ele me encara, seus olhos brilham, não no tom azul de sempre, mas *vermelhos*.

Sento em um impulso, o coração disparado.

A luz do sol entra pelas cortinas e atravessa Jacob, que está sentado de pernas cruzadas no pé da minha cama.

— Seu cabelo está uma graça, Cass. — Ele passa as mãos pelo próprio cabelo, deixando-o em pé.

— Você sabe que eu acho esquisitíssimo — digo — quando fica me olhando dormir.

Jacob pula para fora da cama, deixando uma marca quase invisível na coberta.

— Eu não estava olhando você dormir. Estava tentando te acordar. — Ele aponta para o celular na minha mesa de cabeceira. — Estava tocando. A Lara não para de ligar. — Ele cutuca o aparelho, seus dedos atravessando a tela. — Se eu conseguisse desligar na cara dela, pode acreditar que eu faria isso.

Eu me estico e pego o aparelho, passando as mensagens.

> Lara: Encontrei uma coisa — ou melhor, alguém.

> Lara: Me liga.

> Lara: É importante.

— Que tipo de pessoa pontua mensagens de texto? — diz Jacob.

— Aham — respondo com um tom desanimado, ainda nervosa com o sonho.

— Está tudo bem? — pergunta ele, me observando. — Você parece... estranha.

— Estou bem — respondo rápido, sentindo meu estômago revirar quando digo as palavras.

Segunda regra da amizade: Não minta.

Aperto LIGAR.

— *Finalmente* — atende Lara.

— Você não dorme nunca? — pergunto, esfregando os olhos.

— Eu preciso de sete a oito horas de sono, mas confesso que sempre funcionei melhor com sete.

— Cass! — chama minha mãe, batendo à porta, apesar de estar entreaberta. — Vamos descer pra tomar café no restaurante. Você está pronta?

Escondo o celular com a mão.

— Encontro vocês lá! — grito de volta. — Preciso de mais um tempo.

— Não vai dormir de novo! — avisa meu pai.

— Pode deixar.

Levei uma eternidade para cair no sono ontem, depois de ver Thomas, e entre isso e o pesadelo, me sinto completamente acordada.

— Que pesadelo? — pergunta Jacob, lendo meus pensamentos.

Faço que não com a cabeça, afastando o sonho.

— E você viu o garoto sinistro? — insiste ele.

— Alô? — diz Lara. — Para de viajar, Cassidy.

— Desculpa — respondo, voltando a prestar atenção no celular. — O que você estava dizendo?

— Só que descobri uma pista pra você. De nada.

— Você devia dizer isso *depois* de eu agradecer. Qual é a pista?

— Bom, a notícia ruim é que não existe informação nenhuma sobre Thomas Alain Laurent além do que você já descobriu.

— Isso que é ser deixado em paz — reflete Jacob.

— Pois é — continua Lara —, mas não me surpreendeu. Afinal, ele morreu cem anos antes de inventarem a internet. *Mas* encontrei uma coisa. O irmão mais velho de Thomas, Richard.

Meu coração dá um pulo.

— Ele ainda está *vivo*?

— Não seja ridícula — diz Lara. — Mas ele *continuou* em Paris. Veja bem, os franceses têm menos variedade de sobrenomes do que os americanos, por exemplo. Existe uma infinidade de Laurents. Mas, por sorte, os pais de Thomas e Richard tinham *prénoms* muito diferentes. Isso significa primeiros nomes...

— Podemos ir mais rápido? — pergunto, desesperada por uma pista.

— Tudo bem — rebate Lara, irritada. — Tenho quase certeza de que encontrei eles. Os seus Laurent. Richard morreu há trinta anos, com 89, mas sua neta, Sylvaine, ainda mora na cidade. Vou mandar o endereço. Talvez ela saiba a história toda. Talvez até saiba algo que ajude a acionar as memórias de Thomas.

— Lara... Você é maravilhosa.

— Eu sei, mas não foi muito difícil. É surpreendente a quantidade de informação disponível quando você sabe procurar. Minha escola ensina métodos de pesquisa bem rigorosos.

— Tem alguma coisa que a sua escola *não* ensine?

— Como caçar um poltergeist, pelo visto.

Jacob faz um som de surpresa.

— Lara Chowdhury, você acabou de fazer uma *piada?*

Quase consigo escutar Lara sorrir.

— *Enfim* — diz ela. — Boa sorte. E tome cuidado.

— Você não precisa dizer isso sempre.

— Eu também achava que não. Mas, pelo visto, não é o caso.

A ligação termina, a tela sendo substituída por uma mensagem de Lara com o endereço de uma Madame Sylvaine Laurent, no 11° *arrondissement*.

Tenho uma pista.

Agora, só preciso convencer meus pais a segui-la.

Estamos tomando café no restaurante quando puxo o assunto, e, no fim das contas, é mais fácil do que o esperado.

Meu pai se anima quando digo que fiz uma descoberta sobre o caso, nitidamente empolgado por ter uma investigadora em treinamento na família. Porém minha mãe parece desconfiada, o que me surpreende.

— De onde surgiu esse interesse todo?

Olho para o meu croissant.

— Bom... Sei que vocês me pediram pra tirar fotos pro programa, mas também comecei a pensar nas histórias das pessoas que *não* vão ao ar. Eu queria descobrir mais sobre elas, e alguma coisa nesse Thomas chamou minha atenção. Não consigo parar de pensar que tem alguma coisa que não foi contada — concluo, torcendo para não *parecer* que treinei na frente do espelho. Várias vezes.

— Com certeza deve ser uma história muito interessante, Cass — diz minha mãe —, e que bom que você quis se aprofundar mais. Mas nosso cronograma aqui está tão apertado. Hoje é o último dia de filmagens, e...

— Eu posso ir com ela.

As palavras saem justamente de Pauline.

— Não podemos pedir isso de você — responde meu pai, mas Pauline o dispensa com um aceno de não.

— Não tem problema algum — diz ela. — Vocês dois vão ficar bem com Anton e Annette. Eles conhecem a cidade tão bem quanto eu. Além do mais, Cassidy está sendo muito paciente, e dá pra ver que essa missão é importante para ela. — Ela olha na minha direção com as sobrancelhas erguidas, nitidamente me incentivando a ser efusiva.

— É mesmo! — exclamo.

Meus pais trocam um olhar demorado, e então concordam, sob as estritas condições de que eu não incomode os Laurent caso eles não queiram ser incomodados e que eu volte direto para o hotel assim que acabar.

— Você vai perder o Açougueiro de Marmousets — diz minha mãe, suspirando.

— Nem pense em perguntar o que é isso — avisa Jacob.

Prendo a bolsa da câmera no ombro e me despeço dos dois com um abraço, dando um tapinha no bolso do paletó de tweed do meu pai para me certificar de que o saquinho de sálvia e sal está lá dentro.

E então nós partimos.

— Por que você se ofereceu pra vir comigo? — pergunto a Pauline quando entramos no metrô.

— Você é uma criança, e Paris é uma cidade grande. Não é seguro sair sozinha por aí.

Quero argumentar que não sou uma *criança* nem estou *sozinha*, e que já saí por aí sozinha. Mas, por outro lado, quase fui atropelada por um espelho durante meu passeio, então talvez Pauline tenha razão. Além do mais, agora tenho uma tradutora.

— Não teve ligação nenhuma com o fato dos meus pais estarem indo pro lugar do tal *açougueiro*, teve?

— Que bobagem — diz ela, rápido demais.

— Você não fica com medo, né? Quer dizer, você não acredita em nada disso.

— Exatamente.

O trem resmunga baixinho enquanto se move sob Paris. Ele está quente e lotado, com uma coleção aleatória de pessoas, algumas de terno e outras com roupa de corrida, saltos altos misturados com sapatilhas de arco-íris. A maioria mexe no celular, mas alguns leem livros ou jornais, ou encaram o nada.

O vagão balança um pouco enquanto ganha velocidade.

Jacob olha a janela, fitando a escuridão que passa pelo vidro, e o efeito é assustador. Seu reflexo não passa de rastros e borrões. Uma imagem submersa, se dissolvendo. Penso no pesadelo, e então faço o possível para *não* pensar nele. Acabo me concentrando em Thomas Laurent.

No fato de que não o vejo desde ontem à noite.

Por algum motivo, isso não me acalma.

Passo um dedão pela câmera, distraída, e Pauline aponta para ela com a cabeça.

— Que modelo interessante.

Você não faz ideia, penso, passando os dedos pela estrutura surrada de metal.

— Ela é velha e esquisita, mas eu gosto.

— Meu pai é fotógrafo — diz Pauline. — Ele restaura câmeras antigas. E diz que elas enxergam melhor do que as novas.

Sorrio.

— É, enxergam mesmo.

— Se você quiser, ele pode revelar seu filme.

Olho para cima e sorrio.

— Sério? Isso seria ótimo. — Penso no meu rolo. — Sinto falta do meu quarto escuro — confesso. Aquele armário em casa era meu e apenas meu.

Jacob pigarreia.

Bom, nosso.

— Talvez — diz Pauline — você possa até...

Mas não escuto o restante.

Um vento frio corre pela minha pele, e as palavras de Pauline são abafadas pelo som do metal se arrastando nos trilhos.

O metrô guincha, como se alguém tivesse pisado no freio com força demais, e quase perco o equilíbrio. Firmo a mão na barra de ferro bem na hora. O trem freia de novo, e para de repente no túnel escuro.

Ah, que ótimo, penso logo antes de todas as luzes apagarem.

PARTE 4
O CAOS

CAPÍTULO 17

Não está um breu completo.

Vindo de algum lugar mais adiante no túnel, feixes finos de luz atravessam as janelas, iluminando os passageiros com um brilho fraco. Todo mundo começa a resmungar e olhar ao redor, mais irritados do que assustados. Porém a mão de Pauline vai direto para o pingente em seu colar, e, mesmo na quase escuridão, vejo os lábios dela se movendo.

Jacob se aproxima de mim e se vira para me encarar.

No escuro, ele parece quase sólido, apenas mais um corpo no vagão lotado.

— Thomas? — pergunta ele, e concordo com a cabeça.

Levo o visor da câmera até meu olho, foco e desfoco o trem escuro, procurando na multidão um garotinho que não está aqui.

— Talvez não seja ele — diz Jacob, parecendo pouco convencido. — Quer dizer, o metrô quebra de vez em quando, né? Por problemas técnicos, na fonte de energia do terceiro trilho... Não sei bem o que é um terceiro trilho, mas já ouvi as pessoas falando que...

Lógico, penso, baixando a câmera. *E, às vezes, espelhos gigantes caem de caminhões...*

Dou um passo para a frente, então paro. Deveria ficar aqui onde estou firmemente no lado da vida.

— Concordo plenamente — diz Jacob. — Não entra no jogo do poltergeist.

Afinal de contas, não há nada que eu possa fazer até descobrir a história dele, até saber o suficiente para lembrá-lo.

— Não entra no jogo dele — repete Jacob.

Mas então eu o vejo pela lente da câmera, um cacho envolto por luz vermelha contra a janela mais distante.

— *Não entra no jogo dele* — avisa Jacob, mas me sinto alcançando o Véu.

Eu sei o nome dele agora. O nome *todo*. Isso bastou para chamá-lo na rua ontem. Talvez baste para prendê-lo aqui. Talvez baste para fazê-lo lembrar.

Pauline está de costas para nós, analisando o vagão, e dou um passo para o lado, para a escuridão.

Sinto o peso da água nos meus pulmões, e então...

Estou de volta ao Véu.

Eu esperava encontrar um espaço vazio e cinza, uma ausência, um nada entre lugares, um lugar onde ficam os fantasmas que não completaram sua travessia.

Então fico assustada quando meus pés se fincam sobre uma superfície firme de aço.

O vagão está vazio, não existe mais multidão, mas o trem está aqui, desenhado em traços firmes, nítidos, do tipo que só acontece na memória de alguém. Na memória de um fantasma.

Jacob surge ao meu lado.

— Que parte de não entrar no jogo... — diz ele, interrompendo a fala quando as luzes piscam ao nosso redor, iluminando bancos vazios. O piso vazio. Não há sinal de um garotinho com roupas antigas. Nada de cachos escuros ou olhos vermelhos brilhantes. Mas sei que ele está aqui.

— Thomas? — chamo, mas a palavra apenas ecoa. *Thomas, Thomas, Thomas.* — Thomas Alain Laurent?

Vou até o fim do vagão e destranco a porta. Ela se abre, e atravesso para o próximo, imaginando que vou encontrá-lo vazio.

Não é o caso.

Thomas não está lá, mas há um homem alto parado no meio do vagão, de costas para nós, cambaleando. Algo escuro e vermelho suja o chão abaixo de suas botas. Ele murmura baixinho para si mesmo, não em francês, mas em inglês.

— Quem foi? — grunhe ele, se virando para nós. — Quem foi?

Quando ele gira, vejo a faca enfiada em sua barriga. A mão dele aperta a lâmina, como se tentasse impedi-la de cair. O brilho do sangue escorre pela frente do seu corpo.

— Quem foi? — grunhe ele de novo, dando um passo cambaleante na nossa direção. — Foram *vocês*?

Jacob me puxa para trás e bate a porta.

— Bom, *isso* vai me dar pesadelos — diz ele enquanto nos equilibramos no espaço entre os vagões. — Por mais que tenha sido divertido...

— *Un, deux, trois...* — chama uma voz brincalhona atrás de mim. Uma voz conhecida. Thomas.

A voz vem da parte da frente, além do metrô. Junto com um brilho vermelho assustador.

Saio do trem para os trilhos, apertando os olhos para a fileira de vagões.

— Thomas Alain Laurent! — grito. — Para de se esconder.

A luz vermelha dança pelas paredes do túnel, e escuto os passos rápidos de pés pequenos. Uma risada baixinha. Aperto o espelho enquanto sigo de fininho pela lateral do trem.

Mas Thomas não aparece.

Talvez Lara tenha razão; talvez o nome não seja suficiente.

— Thomas, por favor — chamo. E então, reunindo todo meu francês: — *S'il vous plaît.*

A luz vermelha fica mais forte, brilhando sobre os trilhos, e vejo um par de olhos espiando entre os vagões. Estico a mão, como Thomas fez na rua ontem à noite, um convite para brincar.

Thomas sorri.

Então pressiona as mãozinhas contra a lateral do trem. A luz vermelha vaza dos seus dedos, e ele ri de novo antes de *desaparecer.*

— Não — falo, tentando ir para a frente, mas Jacob segura meu braço.

— Cass.

— Quê? — rebato, me soltando.

— O metrô.

E não entendo o que ele quer dizer até escutar.

Um gemido leve e distante. O som não é humano.

É *metal.*

E está vindo do outro lado do Véu. A energia voltou. O metrô vai partir.

Enquanto o trem-fantasma se move para frente, tento entrar no vagão e me jogo no único espaço que encontro. Jacob chega primeiro, se impulsiona para cima e oferece uma mão, e fico grata por ele estar sólido suficiente para eu conseguir segurá-la.

Ele me puxa assim que o trem começa a ganhar velocidade, e abro a porta, junto com o Véu, entrando no mundo real enquanto as luzes piscam ao nosso redor.

Pauline me vê do outro lado da multidão e franze a testa enquanto abro caminho até ela.

— Aí está você — disse ela, segurando meu ombro.

Seus olhos estão arregalados e seu rosto, pálido. A outra mão agarra o pingente sobre o peito. Então me dou conta de que esta é a primeira vez que a vejo realmente perder a compostura. A primeira vez que vejo sua máscara de tranquilidade cair, revelando o que há por baixo: medo.

Pauline está apavorada.

— Você *não* é cética, né? — pergunto.

Ela larga meu ombro e solta o ar para se acalmar.

— Não sei do que você está falando.

Estreito os olhos.

— Você não é só supersticiosa. Você *acredita*.

Pauline se irrita.

— Não, óbvio que não.

Mas o *não* vem rápido demais, enfático demais.

— Pra que tanta vergonha? — pergunto. — Você está andando com um grupo de gente que trabalha acreditando em fantasmas.

— Não estou com *vergonha* de nada — rebate ela, cruzando os braços. — Eu não *quero* acreditar em fantasmas.

— Mas acredita.

Ela suspira. Hesita.

— Você se lembra daquilo que falou quando nos conhecemos? Que é fácil não acreditar, mas, depois de ter uma experiência, passa a ser difícil?

O metrô para na estação.

— Eu já... vi coisas, uma vez ou outra. Coisas que não consigo explicar. — Pauline balança a cabeça enquanto as portas deslizam para abrir. — *Mon Dieu,* pareço uma idiota.

Dou de ombros.

— Pra mim, não.

Ela abre um sorriso pequeno, apertado, antes de me guiar com firmeza até a plataforma.

O espaço parece agitado, mais do que o normal. As pessoas estão resmungando, se aglomerando diante de placas eletrônicas que mostram as diferentes linhas do metrô, com avisos vermelhos surgindo ao lado delas. Primeiro um, depois dois, depois quatro.

— O que houve? — pergunto.

— Parece que o nosso trem não foi o único a ter problemas — responde Pauline.

— É impossível que o Thomas esteja fazendo isso *tudo* — diz Jacob. Ele olha para mim, um pouco nervoso. — Né?

Quero acreditar nele. Mas não consigo. Os avisos piscam, vermelhos, e só consigo enxergar os olhos do poltergeist, a forma como aquele tom rubro pareceu se espalhar pelo ar à sua volta.

Primeiro vêm as brincadeiras de mau gosto, depois a intimidação, depois o caos.

Quanto mais problemas um poltergeist causa, mais forte ele fica. Temos que correr.

Eu me viro para Pauline, exibindo o endereço de Sylvaine Laurent.

— Vamos nessa.

— Me conta, Cassidy — começa Pauline enquanto caminhamos. — Por que tanto interesse nessa família?

— Minha mãe diz que sempre fui naturalmente curiosa.

Ela levanta uma sobrancelha.

— Só isso? Ou há outro motivo para você querer visitar os Laurent?

Alterno meu peso entre os pés.

— Você quer mesmo saber?

Pauline parece refletir antes de responder.

— Não, acho que não — diz ela, e então suspira. — Mas é melhor você me contar mesmo assim.

Então eu conto.

Explico a ela sobre fantasmas e poltergeists, sobre ter acordado um poltergeist sem querer e como ele agora está me seguindo, causando um monte de problemas.

Pauline pisca, a mão seguindo para o pingente em seu pescoço.

— E os Laurent?

— São a família do poltergeist — digo. — Acho que, se eu descobrir o que aconteceu com o Thomas, talvez eu consiga fazer com que ele termine a travessia.

Pauline começa a falar, mas um veículo de serviços de emergência passa correndo, as sirenes berrando. Ela espera o som diminuir e re toma a conversa.

— E por que é *seu* trabalho mandar esse espírito adiante?

— Que ótima pergunta! — exclama Jacob, mas eu o ignoro.

— Acho que é porque posso fazer isso. Há mais ou menos um ano, eu quase morri, e, agora, consigo atravessar o Véu. É assim que chamamos o lugar entre este mundo e o que abriga os fantasmas. Minha amiga Lara diz que é mais ou menos como se eu estivesse pagando uma dívida.

— Parece muita pressão para uma menina tão nova.

— Ah, mas eu não faço isso sozinha. Tenho o Jacob.

Ela levanta uma sobrancelha.

— Jacob?

— Meu melhor amigo — digo. E acrescento: — Ele é um fantasma.

Desta vez, as duas sobrancelhas são erguidas.

— Entendi.

E, apesar de ela ter acabado de dizer que acreditava nessas coisas, dá para perceber que não acredita em *mim*.

Quando digo isso, Pauline suspira.

— Acredito que *você* acredita nisso.

Balanço a cabeça.

— Por que é que, quando gente mais nova acredita em alguma coisa, os adultos sempre acham que é imaginação, mas quando um adulto acredita, todo mundo acha que é verdade?

— Não sei se alguém acreditaria que *isso* é verdade.

— Mas você acabou de falar que já viu coisas. Que acreditava.

Pauline balança a cabeça.

— A crença não é um cobertor, Cassidy. Ela não abarca tudo. Me perdoe. Há uma grande diferença entre acreditar no sobrenatural em termos gerais e acreditar que a menina de 12 anos que você está acompanhando por Paris é uma caçadora de fantasmas com um ajudante morto.

— Como *é*? — diz Jacob. — Quem ela está chamando de *ajudante*?

Antes de eu conseguir explicar que eu e Jacob somos uma dupla, Pauline para, apontando para um prédio amarelo forte com detalhes brancos e cestas de flores nas janelas.

— Chegamos.

É uma construção antiga. Lara não me passou o número do apartamento, mas basta olhar rápido para os botões do interfone do lado direito para descobrir que "Mme Laurent" mora no 3A. Um homem sai do prédio, e seguro a porta antes de ela fechar. Eu e Pauline entramos.

Estamos subindo a escada quando a ficha finalmente cai.

O que eu estou fazendo é ridículo; é loucura.

— Concordo — comenta Jacob.

Espero que o trabalho de detetive de Lara tenha valido à pena e que eu esteja no lugar certo.

Por outro lado, esta é minha única pista.

Chego ao 3A, e minha mão hesita sobre a madeira por um segundo demorado antes de eu engolir em seco e bater.

Um instante depois, uma garota abre a porta.

Ela deve ser um ou dois anos mais nova do que eu, e usa um tênis dourado, calça jeans e um suéter branco e rosa. Sua pele é muito branca, e seu cabelo castanho-claro está preso em um rabo de cavalo alto, brilhante e macio (não sei como as pessoas mantêm um cabelo assim, o meu sempre foi uma confusão). O canudo branco de um pirulito sai do canto da sua boca.

— *Bonjour?* — diz ela, erguendo o queixo.

Olho por cima do ombro para Pauline, mas ela fica quieta, permanecendo parada ali sem me ajudar, então viro para a frente de novo.

— Oi — respondo em inglês. — Hum, *parlez-vous anglais?* — pergunto, tentando falar francês (e com certeza pronunciando tudo errado).

A garota me analisa e então concorda com a cabeça.

— Falo — diz ela em um tom orgulhoso. — Estudo em uma escola internacional, e nos obrigam a aprender. É um... idioma desajeitado, *n'est-ce pas?*

— Pois é — digo, apenas feliz por conseguir me comunicar. — Seu nome é Sylvaine Laurent?

Ela se afasta um pouco.

— *Mais non* — diz ela com uma risada nervosa. — Eu sou a Adele. A Sylvaine é minha mãe. — Ela grita em direção ao interior do apartamento: — *Maman!*

E então vai embora sem nem se despedir.

Um instante depois, uma mulher aparece secando as mãos em um pano de prato. Ela é parecida com Adele, porém mais velha, o cabelo castanho-claro solto sobre os ombros. Até a forma como inclina a cabeça ao se aproximar da porta é semelhante.

— *Oui?* — pergunta ela, falando com Pauline.

Mas Pauline balança a cabeça.

— *C'est pas moi* — diz ela, gesticulando para a mim.

Então acho que estou por conta própria. Sylvaine Laurent me encara com um olhar desconfiado.

— Oi, Madame Laurent — digo, tentando invocar o sorriso simpático da minha mãe, ou a confiança do meu pai. — Estou pesquisando uma história sobre o seu tio-avô, Thomas Laurent.

Sylvaine franze um pouco a testa.

— Que tipo de história?

— Bom — digo, hesitando —, hum, acho que é mais uma pesquisa *sobre* a história?

— Isso está indo bem — comenta Jacob, se equilibrando nos calcanhares.

— Como você sabe sobre o Thomas? — questiona Sylvaine.

Por um instante, apenas fico feliz por ela saber de quem estou falando, mas a animação desaparece quando sua testa franzida se transforma em uma carranca.

— Ah, pois é. — Engulo em seco, desejando ser um pouco mais velha, ou pelo menos um pouco mais alta. — Bom, meus pais estão gravando um programa de televisão sobre fantasmas em Paris, e nós fomos às Catacumbas, e fiquei sabendo...

Mas a Madame Laurent já está balançando a cabeça.

— O que aconteceu com o Thomas foi há muito tempo — diz ela em um tom frio. — É melhor deixar esse assunto enterrado.

Olho para Pauline, silenciosamente implorando por ajuda, mas ela apenas dá de ombros.

A menina, Adele, aparece no hall de entrada, parando atrás da mãe, obviamente curiosa.

— Por favor, Madame Laurent — tento de novo. — Eu só quero ajudar...

Ela não me dá a oportunidade de terminar, voltando sua atenção para Pauline. As duas trocam algumas palavras em um francês rápido, e então nossa guia de Paris toca meu ombro.

— Vamos, Cassidy — diz Pauline. — É melhor voltarmos para os seus pais.

— Mas eu preciso saber...

— *Non* — diz Madame Laurent, seu rosto corando. — Não precisa. O passado é passado. É história. E *particular.*

E, com isso, ela bate a porta na minha cara.

CAPÍTULO 18

Eu me encosto no patamar da escada, derrotada.

Um passo para a frente, dois passos para trás, e zero passos mais perto de mandar Thomas adiante.

— Você tentou — diz Pauline. — Não deu certo. Essas coisas acontecem. — Ela tira um pedaço de papel do bolso. Um cronograma. — Seus pais devem estar a caminho da Pont Marie. Podemos encontrá-los lá...

— Você *sabia* que ela não falaria comigo.

Pauline dá de ombros de novo.

— Eu suspeitava, sim. Os franceses são pessoas muito fechadas.

— Mas você não disse nada! — grito, irritada. — Você me deixou vir até aqui. Por que não avisou?

Pauline fixa seus olhos afiados em mim.

— Você teria mudado de ideia?

Abro a boca para protestar, depois a fecho de novo.

— Foi o que eu pensei.

Quero gritar, dizer que isso *tem* que dar certo. Que Thomas está ficando mais forte, que preciso descobrir a história para lembrá-lo de quem ele é, para o espelho funcionar e eu poder mandá-lo embora antes de alguém se *machucar*, ou pior.

Em vez disso, pressiono as palmas das mãos contra os olhos para limpar meus pensamentos e sigo Pauline pela escada, saindo em direção ao sol.

Fazemos a caminhada até a ponte em silêncio, o trajeto pontuado apenas por sirenes ocasionais, veículos de serviços de emergência passando. Digo a mim mesma que não é por causa de Thomas. Espero que não seja por causa de Thomas.

— O lado positivo — observa Jacob — é que, se *for* por causa do Thomas, parece que ele não está mais obcecado por *você*.

Por algum motivo, isso não me consola.

Jacob olha por cima do ombro, franze a testa.

O que foi?, pergunto em silêncio.

Ele hesita, depois balança a cabeça.

— Nada.

O Sena surge na paisagem, e vejo meus pais apoiados no muro de pedra de uma ponte, esperando Anton e Annette ajustarem as câmeras.

Paris tem um monte de pontes que atravessam o rio, ligando as margens das duas ilhas que flutuam no centro. Esta não parece tão especial assim (é feita da mesma pedra pálida que boa parte da cidade), mas, quando meus sapatos alcançam sua beirada, o Véu pulsa, oscilando ao meu redor. Jacob me lança um olhar de alerta, e forço o Véu a voltar para o lugar, forço meus pés a permanecerem firmes.

Quando eu e Pauline alcançamos meus pais, eles já começaram a filmar.

— Paris tem muitas histórias de fantasmas — começa minha mãe.
— Algumas são assustadoras, algumas são estranhas, algumas são sanguinárias, e algumas são apenas tristes. Mas poucas são tão trágicas quanto a do fantasma da Pont Marie.

Jacob olha para trás de novo, e concluo que deve estar vigiando Thomas.

— Durante a Segunda Guerra Mundial — explica meu pai —, a Resistência contava com espiões para roubar informações, descobrir segredos das forças nazistas.

— Ei, Cass — chama Jacob, mas faço um som para ele se calar.

— Reza a lenda que a esposa de um membro da Resistência se tornou espiã de um jeito meio diferente. Ela começou a namorar com um soldado nazista e levar seus segredos para o marido. O ponto de encontro do casal francês era aqui, na Pont Marie, à meia-noite...

— *Cass* — sussurra Jacob de novo.

— O que é? — chio.

— Tem alguém seguindo a gente.

Quê?

Eu me viro na direção do olhar de Jacob, já erguendo o visor da câmera até meu olho. Estou pronta para ver Thomas. Porém, em vez disso, me deparo com uma menina de rabo de cavalo alto e tênis dourados que refletem a luz.

Adele.

Para ser sincera, ela não tenta disfarçar sua presença nem se esconder. Nem finge estar procurando por outra pessoa ou por outra coisa. Ela simplesmente para na beira da ponte, os braços cruzados e a cabeça inclinada, ainda com o palito branco do pirulito na boca.

— Mas, em uma noite fria de inverno — continua minha mãe —, a mulher veio à ponte, e seu marido, não. Ele nunca apareceu, e ela morreu de frio bem aqui, deixando os segredos congelados em sua língua...

Vou até Adele.

Ela é uns dois palmos mais baixa do que eu, mas olha para cima, sem piscar.

— Há quanto tempo você está me seguindo? — pergunto.

Ela dá de ombros.

— Desde que você saiu da nossa casa.

— Por quê?

— Escutei o que você disse pra minha mãe. — Seus olhos se estreitam. — Qual é seu interesse em Thomas Laurent, de *verdade*?

— Eu falei, estou fazendo uma pesquisa.

— Pra quê?

— Pra escola — minto.

— Esta é a época de férias.

— Tudo bem — digo. — Eu só quero saber.

— Por quê?

— Estou curiosa.

— Por quê?

Bufo, irritada.

— Porque sou uma caçadora de fantasmas, e Thomas Laurent é um fantasma. Na verdade, ele é um poltergeist, que é tipo um fantasma, só que mais forte. Eu o acordei sem querer, ou alguma coisa assim, e, agora, ele está causando um monte de problemas, e preciso fazer com que ele vá para o outro lado, mas só vou conseguir isso quando descobrir o que aconteceu, porque ele não se lembra.

Jacob segura a cabeça e geme, mas Adele apenas me encara, mastigando a bochecha, e me pergunto se a barreira do idioma acabou com metade das minhas palavras.

Mas então, depois de um longo momento, ela concorda com a cabeça.

— Tudo bem.

— Tudo bem?

— Acredito em você. — Ela carrega uma mochila pequena em um ombro, e fico observando enquanto a abre e tira uma dúzia de cartões lá de dentro, com as bordas se desfazendo. — Trouxe isto pra te dar — diz ela, oferecendo-os para mim.

São *fotos* em preto e branco, desbotadas pelo tempo.

Uma delas é de um menino. Reconheço Thomas na mesma hora.

O rosto redondo, os cachos despenteados, o sorriso. Nada ameaçador aqui, mas aberto, feliz. Algo se agita dentro de mim diante da visão daquele garoto, não apagado, mas sólido, vivo, com os olhos brilhantes. *Real.*

Pego as fotos, passando pela pilha. Na próxima, Thomas não está sozinho. Outro menino, alguns anos mais velho, está ao seu lado, uma mão apoiada na cabeça dele, com um ar brincalhão. Ele deve ser...

— Esse é o Richard — diz Adele. — O irmão mais velho do Thomas. Meu bisavô.

A terceira imagem é um retrato de família, os dois meninos lado a lado, junto com os pais, que têm as costas empertigadas, rígidas. E na última foto, o mais velho, Richard, está sozinho diante de um prédio parisiense, seus olhos um pouco tristes. Reconheço a porta, o arco das janelas. Eu acabei de sair de lá. O prédio onde a família Laurent ainda mora.

— As fotos ajudam? — pergunta Adele.

Concordo com a cabeça.

— Obrigada.

Não é a história de Thomas, mas é alguma coisa. Afinal de contas, fotos são memórias impressas no papel. Talvez ele se lembre de alguma coisa ao vê-las. Mas, para isso funcionar, preciso *encontrá-lo* de novo.

— Cass! — chama minha mãe enquanto ela e meu pai se aproximam, com a equipe vindo logo atrás. Jacob funga um pouco e se afasta, repelido pelos sachês de sálvia e sal que escondi neles. — Já acabamos aqui. Como foi a sua aventura? E quem é essa menina fofa?

— Adele Laurent — responde ela antes de eu conseguir fazer isso. — Estou ajudando a Cassidy com a sua... — Fico com vontade de tampar a boca dela antes que continue. — Pesquisa.

Pauline parece surpresa, mas minha mãe apenas sorri.

— Que legal!

— Maravilhoso — acrescenta meu pai.

— É, ela me ajudou bastante — digo.

Estou prestes a me oferecer para acompanhá-la de volta para casa, uma oportunidade perfeita de fugir e talvez descobrir mais sobre Thomas, mas Adele diz:

— Os senhores estão filmando um programa sobre fantasmas, *n'est pas?*

— Isso mesmo — responde meu pai. — Estamos indo para a próxima locação. É a última, na verdade.

Adele se anima. E então, antes de eu conseguir falar alguma coisa, ela acrescenta:

— A Cassidy disse que posso ir junto.

Eu não disse nada disso.

— Sem problemas — concorda minha mãe. — Se os seus pais não se importarem.

Adele dá de ombros.

— *Maman* não liga pra onde eu vou, contanto que tome cuidado.

Sortuda, penso.

— Bom — acrescenta meu pai, gesticulando para uma ilha do outro lado da ponte, onde uma catedral se agiganta contra o céu. — O último lugar que falta filmar é a Notre-Dame.

— *C'est cool!* — exclama Adele.

Assim que meus pais nos dão as costas, me viro para a garota.

— Eu não disse que você podia vir.

Ela dá de ombros.

— Eu sei, mas estou de férias. Não tenho nada pra fazer. E isso parece *bem* mais divertido do que ficar assistindo televisão. Além do mais, você me deve uma. Eu te ajudei.

— É, ajudou... E, escuta, valeu pelas fotos, mas isso aqui não é seguro, e você precisa ir pra casa.

— Eu posso ajudar mais — rebate ela, teimosa. — Eu falo francês, consigo entrar em lugares pequenos...

— Adele...

— Além do mais, ele é *meu* parente, não seu.

— Meninas! — chama minha mãe por cima do ombro. — Vocês não vêm?

Adele sorri e sai correndo para alcançá-los.

E, de algum jeito, ganhei uma sombra. Simples assim.

CAPÍTULO 19

Nós vamos serpenteando pelas ruas, as torres gêmeas de Notre-Dame se agigantando diante de nós.

Conforme andamos, dou mais uma olhada nas fotos antigas, procurando pistas. Fico voltando para a que mostra os irmãos. Os dois sorriem, e Richard está com uma mão no cabelo bagunçado de Thomas. Antes, eu estava mais concentrada no poltergeist, mas, agora, não consigo parar de olhar para Richard. Seu cabelo é mais claro que o de Thomas, escondido atrás de uma boina, o rosto mais magro e mais definido, mas são seus olhos que capturam minha atenção. Eles estão felizes, brilhantes, e me fazem lembrar de alguém.

— Ele meio que se parece com você — sussurro, inclinando a foto para Jacob.

Uma sombra passa por seu rosto, e, por um instante, ele parece distraído, triste.

— Não acho — resmunga ele, afastando o olhar.

— Com quem você está falando? — pergunta Adele, saltitando ao meu lado.

— Com o Jacob. Ele é um fantasma.

Ela franze o nariz.

— Mas eu achei que você caçasse fantasmas.

Eu e Jacob trocamos um olhar.

— Eu caço. — Por um segundo terrível, o pesadelo surge na minha cabeça, e o afasto. — Mas o Jacob é diferente.

Uma brisa sopra, repentina e fria, e fico imediatamente tensa, procurando por Thomas, mas Adele também parece senti-la. Ela cruza os braços, encolhendo os ombros.

— Você percebeu — diz ela — que está ficando mais frio?

— Isso não deve ser bom — comenta Jacob, e não sei se ele está falando da queda de temperatura ou do fato de que o frio se tornou tão forte que qualquer pessoa consegue sentir, mas, de qualquer maneira, eu concordo.

Começo a andar mais rápido. Alcanço meus pais e a equipe em um cruzamento, esperando o sinal dos pedestres ficar verde. O frio ainda paira no ar, e olho ao redor, certa de que algo está prestes a dar errado. Mas nada acontece, e estou começando a me perguntar se é apenas uma mudança de clima quando o sinal abre para nós e eu saio da calçada para a rua.

Dou um passo, dois, e então escuto o guincho de pneus, o berro de uma buzina.

Quando olho, é tarde demais. Vejo o carro tarde demais. Jacob está se retorcendo na minha direção, mas é meu pai que agarra meu ombro e me puxa de volta para a calçada. Um instante depois, o carro passa em disparada, tocando a buzina, enquanto eu fico tremendo na calçada, ofegante.

— Cassidy! — briga meu pai. — Onde você estava com a cabeça?

— Mas o sinal... — começo, olhando para o outro lado do cruzamento.

É verdade, o sinal está verde. Assim como *todos* os outros. Buzinas disparam e carros freiam com força, o cruzamento perdendo toda a compostura.

— Deve ser algum defeito — diz minha mãe, me puxando para perto.

— É — respondo, meus dentes batendo de frio. — Deve ser.

Jacob tem razão sobre uma coisa.

Thomas não é mais um problema meu.

Ele é problema de *todo mundo*.

Dez minutos depois, estamos subindo uma das torres da Notre-Dame.

A administração da catedral nos deu meia hora para filmar, deixando que os turistas que estavam lá saíssem e segurando os que estão na fila, então não há ninguém além de nós na apertada escada em caracol, apenas a equipe de filmagem, minha mãe, meu pai, Pauline, eu, Jacob... e Adele, subindo aos pulos. Aperto meu suéter contra o corpo. Talvez a escada de pedra seja naturalmente fria, mas não consigo me esquentar.

— Milhares de pessoas vêm a Notre-Dame para ver suas portas esculpidas e vitrais — narra meu pai para a câmera.

— Mas esta catedral medieval — interfere minha mãe — abriga tantas histórias de fantasma quanto gárgulas.

— E qual é o motivo pra tantas *escadas*? — pergunta Jacob enquanto subimos.

Como se você precisasse delas.

Jacob me encara por um segundo, arregalando os olhos.

— Ah, é — diz ele, coçando a cabeça. — Esqueci.

Reviro os olhos, e ele bate continência.

— Encontro vocês, pessoas corpóreas, lá em cima — diz ele, desaparecendo rumo ao teto.

Adele tira o canudo branco da boca, sem pirulito, e o guarda no bolso. Ela pega mais dois na mochila e me passa um. Aceito, apesar de estar com o estômago embrulhado.

— Como você sabe — pergunta ela — se um lugar é assombrado?

— Eu sinto — digo, baixinho. — O mundo fica... mais pesado, e, quando tem um fantasma por perto, sinto uma coisa aqui. — Estico o braço e bato com um dedo em seu ombro. *Tap-tap-tap.*

De onde eu venho, onde os lugares são bem menos assombrados, as batidas geralmente vêm do nada, me atingindo como o estrondo de um relâmpago. Porém, desde que começamos a viagem, elas não param nunca. Às vezes a sensação é fraca, às vezes é forte, mas as cidades daqui são tão assombradas que é mais fácil eu perceber quando *não* existe uma presença espectral.

Adele sorri.

— Que maneiro. — E então: — Você pode me ensinar?

Balanço a cabeça.

— Não, desculpa. Não é uma coisa que dá pra aprender. — Ela franze a testa, confusa, e explico: — Só funciona se você já quase morreu.

Adele arregala os olhos, e dá para perceber que ela está prestes a fazer mais um milhão de perguntas, porém chegamos ao primeiro patamar, e a interrompo.

— A gente precisa fazer silêncio enquanto eles filmam.

Entramos em uma varanda salpicada de monstros de pedra. Uma grade de metal se arqueia sobre nossas cabeças, uma barreira entre nós e a beira do muro. Fico para trás, mas Adele estica a mão pela grade para roçar os dedos sobre o pé de uma das gárgulas.

Minha mãe passa a mão pela tela de metal.

— Estas barreiras — diz ela — não estão aqui por acaso. Já houve casos de pessoas que caíram. Outras pularam. Algumas podem ter sido até empurradas. Talvez esse tenha sido o caso de uma jovem conhecida apenas como M. J. Ela queria vir aqui em cima, mas precisava de uma acompanhante, então fez amizade com uma senhora e, juntas, as duas subiram até a torre. — A expressão da minha mãe se torna sombria. — Ninguém sabe ao certo o que aconteceu depois disso. O corpo da jovem foi encontrado nas pedras lá embaixo. A senhora nunca mais foi vista.

Estremeço um pouco, sentindo o *tap-tap-tap*. Mas os olhos de Adele brilham de alegria com a história da minha mãe. Como se tudo não passasse de um conto, separado da realidade, da mesma forma como estamos separados da murada.

Jacob está parado em um canto, observando a cidade, com uma expressão séria no rosto. Vou até ele e sigo seu olhar, perdendo o fôlego diante da visão de Paris lá embaixo.

Não é apenas a vista.

É o som alto das sirenes.

As luzes vermelhas e azuis piscando através dos contornos da cidade.

A coluna de fumaça subindo de um prédio ao longe.

O frio paira no ar, como se estivéssemos no outono e não no meio do verão.

Thomas Alain Laurent oficialmente fez a transição para o caos.

Meus pais e a equipe seguem em frente, desaparecendo na torre do sino, do outro lado. Adele os segue, mas fico para trás, observando a paisagem através da grade de proteção. Estamos bem alto. O que significa que seria uma bela descida.

Uma ideia surge na minha mente.

Um olhar de pavor toma o rosto de Jacob.

— Cassidy, espera...

Mas já estou atravessando o Véu.

É uma queda rápida, súbita, pela água escura que se acinzenta, e então estou de volta ao pátio da catedral, os sinos tocando, as duas torres desaparecendo sob a fumaça no céu.

Só há uma diferença: aqui no Véu, não há grade de proteção, apenas a murada, o ar e a promessa de uma queda bem grande.

Já funcionou antes, penso, me forçando a chegar perto do muro. O medo se agarra à minha pele — medo de altura, medo de cair, medo de que isto dê certo, medo de que não dê —, mas, talvez, o medo seja importante. O medo acompanha o perigo, o risco, o tipo de situação que chama, como um farol, a atenção de poltergeists.

Respiro fundo e coloco um pé em cima do muro antes de Jacob agarrar meu braço e me puxar de volta para o chão, tão furioso que chega a estar pálido.

— O que você está *fazendo*, Cass? Subir numa cripta é uma coisa. Isto aqui é completamente diferente. Você vai acabar se matando!

— Não vou — digo, girando para me libertar. — Só preciso criar a situação.

— Eu tive um trabalhão pra salvar a sua vida, e não vou deixar que jogue tudo fora.

— Não estou jogando nada fora, Jacob. Estou pagando a minha dívida. Fazendo meu trabalho.

— Por que *este* é o seu trabalho? Por que a Lara disse? Ela não sabe de *tudo*. Mesmo que se comporte como se soubesse. E não vou deixar você subir nesse muro.

— Tudo bem — respondo, irritada. — Vou pensar em outra coisa.

— Começo a andar de um lado para o outro. — Só preciso chamar a atenção dele. Tem que existir uma maneira de prender esse fantasma, mesmo que seja só por tempo suficiente pra...

— Chega! — grita Jacob, sem qualquer resquício de humor na sua voz. — Chega. Só admite o motivo *real* pra isso ser tão importante pra você.

Eu pisco, confusa.

— Quê?

— A segunda regra da amizade é não mentir, Cass. Além do mais, você literalmente *só* pensa nisso desde que chegamos a Paris. Então *admite*. Não é com Thomas Laurent que você está tão preocupada. É *comigo*.

As palavras me acertam como um soco.

— Quê? Não, eu...

Mas então hesito.

Achei que não tivesse entendido.

Só que Jacob tem razão.

Esse não é o único motivo, mas com certeza é um deles.

A verdade é que estou com medo. Com medo da força cada vez maior de Jacob, com medo do que isso significa. Com medo de Lara estar certa. Com medo de não conseguir salvar meu melhor amigo.

— Com medo de eu estar me transformando em um *monstro*? — grunhe Jacob, seus olhos se tornando mais escuros, sua pele ficando cinzenta.

— Jacob...

— Você não confia em mim?

— Confio, mas...

— Mas você acha que estou me tornando o tipo de fantasma que você deveria caçar. Bem, do tipo que *precisa* caçar. Quer dizer, já sou do tipo que você *deveria*, não dá pra esquecer essa parte...

— Para! — imploro.

Mas Jacob está tremendo de raiva.

— E, pra sua informação — diz ele —, eu me lembro de *tudo*, de tudo, sobre a minha vida e como ela acabou. Só não quero te contar.

— Por que *não*?

— Porque não é da sua conta! — grita ele, seu cabelo esvoaçando ao redor do rosto, como se o ar em volta estivesse se transformando em água. — Porque não quero pensar nisso! — Suas roupas começam a escurecer, como se estivessem molhadas. — E não quero que você saiba, porque você nunca mais olharia pra mim do mesmo jeito. — O peito dele sobe e desce, sua camisa completamente encharcada. — Não vou ser mais o garoto que salvou a sua vida, vou ser o que *morreu*, e...

Jogo os braços ao redor dos ombros dele e o abraço com toda a força possível; aqui, neste lugar, onde sou menos sólida e ele é mais real. Por um instante, Jacob apenas fica parado, e não sei se está bravo ou apenas surpreso. Mas então a indignação desaparece. Seus ombros se curvam. Sua cabeça se apoia em meu ombro.

— Não sei o que está acontecendo comigo — diz ele. — Não sei o que isso significa. Também estou com medo. Mas não quero ir embora. Não quero perder você. Nem a mim mesmo.

Eu o aperto com mais força.

— Nada disso vai acontecer — digo. — Você tem algo que o poltergeist não tem.

— O quê?

Eu me afasto para que ele veja meu rosto.

— Eu.

Ele sorri, uma imitação fraca do seu humor habitual. Mas já é alguma coisa.

Me afasto, secando rápido os olhos.

— *Viens* — sussurra uma voz, e nós dois viramos para encontrar o fantasma de uma senhorinha, mancando até nós em um vestido e casaco desbotados, a pele toda enrugada. Seus olhos são brilhantes demais, seu sorriso largo e cheio de dentes podres.

Jacob balança a cabeça, uma risada nervosa escapando como fumaça enquanto nosso mundo volta ao normal.

Que estranho que *isto* seja normal.

— *Viens avec moi* — cantarola a senhora, uma mão curvada se esticando para a frente.

A história da minha mãe surge em minha mente. *O corpo da jovem foi encontrado nas pedras lá embaixo. A senhora nunca mais foi vista.*

— *Viens* — insiste o fantasma, chegando mais perto, e estou muito ciente da falta da grade às minhas costas, da queda imensa.

— Deixa comigo — diz Jacob, se posicionando entre mim e o muro.

Tiro o pingente do bolso, erguendo o espelho na altura dos olhos da senhora.

Seus dedos se fecham ao redor do meu pulso.

— *Viens avec...* — começa ela, parando de falar ao ver seu reflexo.

Desta vez, eu me lembro das palavras imediatamente.

— Observe e escute — digo.

Os olhos dela ficam vítreos e vazios.

— Veja e saiba.

Suas extremidades tremulam.

— Isso é o que você é.

A mão da senhora solta meu pulso. Seu corpo inteiro se afina, e enfio o braço no vazio do seu peito, puxando seu fio de vida; quebradiço, cinza e apagado. Ele se dissolve na minha mão, é levado pelo vento, assim como a senhora.

Os sinos continuam tocando, mas soam distantes, e o Véu começa a se dissipar, perdendo sua definição, sem o fantasma para segurá-lo.

Jacob apoia uma mão no meu ombro, e me viro para ele.

— Vamos sair daqui — digo, segurando a mão do meu amigo.

O Véu se afasta, e atravessamos. Respiro fundo, tentando afastar a sensação estranha que sempre me acompanha do outro lado, e a mão de Jacob se torna mais leve na minha, deixando para trás o toque de carne e osso para algo sutilmente mais denso que o ar.

Escuto um gritinho de surpresa, e me dou conta de que Adele está me encarando, que está encarando o lugar onde estou, o lugar onde eu obviamente *não* estava há um segundo, seus olhos arregalados e a boca aberta de surpresa.

CAPÍTULO 20

— Aí estão vocês — diz Pauline, virando uma curva. — Vamos.

Pela primeira vez, Adele não tem nada a dizer. Enquanto descemos os degraus da torre e seguimos para a luz do fim da tarde, ela apenas me encara, sem saber o que dizer.

Ao chegarmos à Rue de Rivoli, todos os semáforos estão piscando, amarelos, e o trânsito chegou a um impasse, com as buzinas disparadas.

Isso é ruim.

Muito, muito ruim.

Sob o toldo do hotel Valeur, Anton entrega a pasta com as gravações para meu pai, para ele e minha mãe revisarem as cenas do dia. Annette dá um beijo nas bochechas da minha mãe, e Pauline nos deseja uma boa-noite antes de começar a se afastar, mas então para, lembrando.

— Cassidy, seu filme — diz ela. — Você ainda quer que eu revele?

Eu tinha esquecido. Olho para a câmera; só resta uma foto nela. Enquadro a equipe inteira do programa (minha mãe e meu pai, Pauline, Anton e Annette) com Paris se erguendo às suas costas, e capturo a última imagem. Então rebobino o filme todo e abro a parte de trás da câmera. Ela pula para fora, e viro o pequeno cilindro na minha mão. Entrego-o para Pauline me perguntando o que vai, e o que não vai, aparecer na revelação.

Ela guarda o rolo no bolso e promete nos encontrar amanhã, antes de irmos embora.

Amanhã — é difícil imaginar, em parte porque Thomas continua solto pela cidade.

Meu tempo está acabando.

— Tive uma ideia muito louca — diz Jacob. — Que tal se a gente só *fosse embora*?

Franzo a testa. *Quê?*

— Pensa um pouco — insiste ele. — O Thomas pode ter sido atraído a você no começo, mas está óbvio que ele seguiu para alvos mais interessantes. Entre isso e seus saquinhos nojentos de sal e sálvia, aposto que conseguimos sair inteiros de Paris.

— E o que aconteceria com *Paris*? — resmungo.

Anton e Annette se despedem também. Quando a equipe inteira vai embora, todos nos viramos para Adele, que não mostra sinal algum de querer voltar para casa. Ela apenas nos encara, como se *nós* fôssemos o programa de televisão e ela quisesse entender o que vai acontecer com a gente agora.

— Você não devia ir pra casa? — pergunta meu pai.

Adele se balança para a frente e para trás sobre os tênis dourados.

— Preciso?

— Bom, sua mãe não vai ficar preocupada?

Adele olha por cima do ombro; o sol está começando a descer, transformando a cor do céu em laranja. Ela dá de ombros.

— Ainda não.

— Tenho uma ideia! — diz minha mãe, entrelaçando um praço ao do meu pai. — Cass, eu e seu pai vamos tomar um drinque no restaurante. Que tal vocês duas irem pro quarto e passarem um tempo lá? Apresenta a Adele ao Ceifador. — Ela me entrega o fichário do programa. — Você pode contar a ela sobre *Os Espectores*.

Meu pai me entrega a pasta com as filmagens, me pede para guardá--la no quarto, e segue com minha mãe pelo saguão.

Na suíte do hotel, guardo a pasta em um canto, e Adele solta um gritinho de alegria, segurando um Ceifador muito surpreso no colo, falando baixinho com ele em francês. Enquanto isso, pego as fotos que ela me deu e as espalho sobre o chão, torcendo para que as imagens me ajudem a pensar.

Não demora muito para meu celular tocar. Uma chamada de vídeo.

É Lara. Ela vai direto ao assunto.

— Você já viu o jornal?

— Espera.

Encontro o controle remoto e ligo a televisão. A apresentadora do noticiário fala rápido, com um vídeo passando por cima do seu ombro. Nessa tela menor, luzes de emergência brilham sobre um carro.

Está tudo em francês, é óbvio, mas a mensagem é bem fácil de entender.

— Ah.

Na televisão, a apresentadora é substituída pela imagem de uma mulher sentada na calçada enquanto um paramédico pressiona um pano sobre a lateral da sua cabeça. No fundo, uma batida de vários carros bloqueia um cruzamento. Troco de canal e vejo um mapa do metrô coberto de marcadores vermelhos de interrupção das linhas.

Tiro o som da televisão, e Lara se inclina para a frente em sua poltrona.

— Eu avisei que isso aconteceria. Poltergeists são... — Ela para de falar de repente, franzindo a testa. — Cassidy — diz ela em uma voz tensa —, quem é essa?

Olho por cima do ombro e vejo Adele empoleirada no braço do sofá, Ceifador é um montinho de pelos sobre seu colo.

— Ah, é. Essa é a Adele.

Adele tira o pirulito da boca e acena, toda feliz.

— Olá!

Lara não acena de volta.

— Você também é caçadora de fantasmas? — pergunta Adele.

Diante dessa pergunta, Lara fica imóvel, seus olhos escuros brilhando de fúria.

— Cassidy Blake — chia ela entre os dentes trincados. — O que você *contou* pra ela?

— Pouca coisa — respondo.

— Tudo! — diz Adele ao mesmo tempo.

A expressão de Lara passa da raiva para o horror.

— Por que você fez isso?

— Só quero dizer — comenta Jacob — que é muito legal ver você direcionar a sua raiva pra outra pessoa.

— Cala a boca, fantasma — rosna ela. — Cassidy, explique-se.

— Só meio que aconteceu — respondo.

— Ah, lógico, porque habilidades espectrais são um assunto tão comum.

— Escuta, fui visitar a neta do Richard Laurent, a Sylvaine, mas ela não quis falar comigo. A Adele é sua filha. Ela me seguiu e me deu fotos...

— Espera — interrompe Lara. — Que fotos?

Viro o celular para ela conseguir ver as fotos espalhadas pelo chão.

— Mais perto — diz Lara, e agacho, passando o celular sobre as imagens.

Adele senta ao lado delas com as pernas cruzadas. Ela pega a fotografia em que Thomas está sozinho, olhando por cima do ombro, exibindo um sorriso largo.

— Você não fez nenhum progresso? — pergunta Lara. — Para descobrir o que...

— É uma história tão triste — murmura Adele —, o que aconteceu com o Thomas.

A sala cai em silêncio. Eu e Jacob a encaramos. Até a boca de Lara está aberta na tela.

— *Você sabe?* — perguntamos todos ao mesmo tempo.

Adele se remexe um pouco.

— *Oui* — responde ela. — *Maman* me contou. Ela não gosta de falar do passado, não com desconhecidos, mas acha importante conhecermos nossa própria história. Ela diz que é uma história privada, só pra família. Mas se for pra ajudar vocês a ajudar o Thomas... vou contar.

CAPÍTULO 21

— É uma história muito triste — começa Adele, puxando Ceifador para o seu colo. — Meu bisavô Richard tinha dez anos quando aconteceu. Ele era três anos mais velho que o Thomas, e era seu herói. Os dois eram muito próximos. Assim...

Ela cruza os dedos e continua:

— O Thomas seguia o Richard por tudo que era canto. E o Richard deixava. Ele e alguns outros meninos passaram o verão inteiro entrando escondidos nas Catacumbas.

— Como? — pergunta Lara.

Adele dá de ombros.

— Hoje em dia, só tem uma entrada e uma saída, mas havia outras naquela época. Se você soubesse onde procurar. O Richard sabia. — Adele abre um sorrisinho travesso. — Então eles entravam lá no escuro.

Eu e Jacob estremecemos um pouco diante da ideia de ir às Catacumbas à noite. O túnel de ossos iluminado apenas por velas ou lamparinas, uma luz fraca que deixava os esqueletos afundados nas sombras.

— E o Thomas também queria ir. Ele vivia implorando, até que, numa noite, o Richard finalmente concordou em levar o irmão.

Olho para Jacob enquanto Adele fala. Seu rosto está embaçado, sem qualquer expressão, como se sua mente estivesse divagando enquanto ela fala. Mas ele deve ter sentido meu olhar, porque pisca e me encara, levantando uma sobrancelha.

— Então os dois foram — continua Adele, fazendo carinho em Ceifador. — O Thomas, o Richard e dois amigos do Richard. No escuro.

O gato é uma poça de pelos pretos no colo dela; não o vejo tão contente desde que chegamos a Paris. Adele teve der o dom de fazer amizade com animais emburrados.

— Os meninos viviam brincando, e foi isso que fizeram. Brincaram de *cache-cache*. Você sabe o que é isso?

Faço que não com a cabeça.

— Vocês chamam de esconde-esconde.

Eu me endireito.

— A contagem! — exclamo, e, pela tela, Lara concorda com a cabeça.

— *Quoi?* — pergunta Adele, olhando para nós duas. — Quê?

— *Un, deux, trois, quatre, cinq...* — recita Lara em seu francês impecável. — Eu não entendia por que ele estava contando.

— Mas se eles estavam brincando de esconde-esconde — digo — e fosse a vez do Thomas de procurar...

Adele concorda com a cabeça, empolgada, e diz:

— O Thomas era muito pequeno, tinha muita facilidade pra se esconder, então resolveram que ele devia procurar. Ele fechou os olhos pra contar, e todos os meninos se esconderam.

Imagino participar de uma brincadeira dessas lá embaixo, escondida, pressionada contra esqueletos ou subindo em ossos, e estremeço.

— O Thomas sempre conseguia encontrar os meninos, não importava onde eles se escondiam — continua Adele. — Então, na terceira rodada, o Richard concordou em deixar o irmãozinho se esconder.

Meu estômago se revira quando percebo como a história vai terminar.

— Era a vez do Richard de procurar — diz Adele —, e ele encontrou um dos amigos, depois o outro, mas nada do Thomas. Ele passou quase uma hora procurando antes de finalmente desistir. Os meninos estavam cansados. Queriam ir pra casa. Então o Richard gritou: *"Thomas, c'est finit"*, acabou, mas não veio nenhuma resposta pelos túneis além do eco da sua voz.

Um calafrio percorre meu corpo. Se esta fosse qualquer outra história, eu sentiria uma espécie de empolgação nervosa. Mas eu já *vi* esse garotinho em suas roupas empoeiradas. E consigo imaginá-lo perdido lá embaixo, escondido entre os ossos ou vagando pelos túneis, desnorteado, perdido.

Adele prossegue:

— Richard passou a noite inteira lá, procurando o irmão. Mas não conseguiu encontrar nada. No fim, ele não teve escolha. Voltou pra casa e contou pros pais, que chamaram a polícia e organizaram uma busca.

Engulo em seco.

— Eles encontraram o Thomas? Depois de um tempo?

Adele concorda com a cabeça.

— Encontraram — diz ela, devagar. — Mas era tarde demais. Ele já tinha...

Ela para de falar.

Meu peito se aperta antes da próxima pergunta.

— Onde ele estava?

Adele hesita, fazendo carinho em Ceifador.

— Ele era ótimo pra encontrar esconderijos. Subiu em um... — Adele hesita, pensando na palavra, e então faz um arco com a mão. — *Coin.*

— Canto — traduz Lara. — Tipo uma alcova.

Adele concorda com a cabeça.

— *Oui.* Isso. Enfim, ele subiu lá, num lugar apertadinho. Mas os ossos ao redor eram velhos, e, às vezes... — Ela gesticula algo caindo. — Eles escorregam. Pedaços desabam.

No celular, Lara leva uma mão à boca.

— Encontraram ele, no fim das contas, embaixo dos ossos.

Jacob estremece um pouco, e meu corpo tensiona diante da ideia de ficar enterrada lá, no escuro.

— E Richard? — pergunto.

Adele se inclina para a frente, por cima de Ceifador — ele não parece se importar —, e toca na foto do menino mais velho, sozinho. Há um espaço vazio ao seu lado, seu braço levemente esticado, como se ele não soubesse onde apoiar o cotovelo se o ombro do irmão caçula não estivesse lá.

— Minha mãe disse que ele estava sempre triste. Nunca se perdoou por perder o irmão lá embaixo.

Ficamos sentados em silêncio por um bom tempo. O único som no ambiente é o ronronado ritmado de Ceifador.

Enquanto reflito sobre a história, me dou conta, completamente horrorizada, do que preciso fazer.

— Não fala, Cass — pede Jacob.

— Precisamos voltar para as Catacumbas.

Adele desvia o olhar do gato, seu rosto empalidecendo.

— Quê?

Jacob geme.

— Pensa um pouco — insisto. — Só porque o Thomas não está *preso* a um lugar não quer dizer que o lugar não seja importante para ele. É o lugar onde ele *morreu.*

— Tudo bem — rebate Jacob —, só que *ele não se lembra de morrer lá.*

— Talvez não conscientemente — digo —, mas, quando ele nos encontrou, estava *contando.*

— E daí?

— E daí que uma parte dele se lembra de brincar de esconde-esconde lá embaixo — diz Lara no telefone —, mesmo que ele não *lembre* que lembra. Sua memória das Catacumbas deve ter sido uma das últimas a desaparecer. O que significa que será a primeira a voltar. Faz sentido. Será o lugar mais fácil para que ele se lembre.

Eu me viro para o celular de novo.

— Então tá, Lara — digo. — Vou resolver isso.

— Boa sorte — diz ela antes de eu desligar.

— *Precisa* ser nas Catacumbas? — pergunta Jacob. — Por que a gente não pode escolher um lugar que seja bom pra todo mundo? Tipo um jardim. Um jardim parece legal. E *acima da terra.*

Eu queria que a gente pudesse fazer isso. De verdade. Mas já desperdicei tempo demais tentando atrair Thomas, tentando chamá-lo, fugindo da verdade mais simples: foi nas Catacumbas que tudo começou. É lá que tudo tem que acabar.

— Você sabe que eu estou certa.

— Não sei, não — responde Jacob. — Tem, tipo, cinquenta por cento de chance de você estar certa, e noventa por cento de chance de isso dar muito errado.

Eu dou um sorriso e pergunto:

— Só noventa?

— O que o seu fantasma está dizendo? — questiona Adele, levantando, o gato agarrado à sua frente como um escudo.

Jacob cruza os braços, ignorando Adele.

— E se o Thomas não aparecer?

Mas ele vai.

Eu sinto que vai.

Da mesma maneira que sinto as batidas de fantasmas próximos.

Da mesma maneira que sinto o Véu contra meus dedos.

— Tudo bem — diz Jacob —, mas como é que a gente vai voltar nas Catacumbas? Pelo que eu sei, seus pais já terminaram as gravações, o lugar deve estar fechado, e a gente vai embora amanhã.

Meu coração se aperta.

O problema não é falta de ideia.

Eu tenho uma, e ela é muito, muito ruim.

Jacob faz uma careta ao ler a minha mente.

— Ah, *não*.

CAPÍTULO 22

As gravações estão guardadas na pasta escura de metal.

Agacho diante dela, levando as mãos aos fechos.

— Adele — digo —, preciso que você fique de olho no corredor.

Ela franze a testa.

— Como eu *fico de olho*?

— É uma expressão — respondo. — Significa que preciso que você fique de vigia. Me avisa quando a barra estiver limpa.

— A barra? Tipo uma calça?

Eu procuro as palavras certas, irritada.

— Só fique parada no corredor e bata à porta se meus pais aparecerem.

Ela solta Ceifador e sai, enquanto eu respiro fundo e abro os fechos.

— Espera — diz Jacob. — Escuta, você sabe que eu sempre me animo pra fazer besteira...

— Não se anima, não. Você é um medroso.

— Tá, não precisa me ofender. Só presta atenção. Há besteiras e *besteiras*. E o que você está prestes a fazer é uma *besteira*.

— Eu *sei* — rosno. — Mas há fantasmas e *poltergeists*. E nós estamos lidando — digo, apontando para a televisão sem som — com um poltergeist.

Na tela, veículos de serviços de emergência cercam um prédio que pega fogo. Um segundo depois, a imagem passa para uma rua tumultuada, com o trânsito inteiro parado enquanto equipes de manutenção tentam se aproximar de um cabo elétrico que solta faíscas.

Jacob suspira, derrotado, enquanto abro a pasta.

Ela é dividida: rolos compactos de filme estão guardados na espuma preta de um lado, e cartões digitais ficam do outro. É lógico. A equipe usa os dois métodos. Para a minha sorte, tudo está cuidadosamente etiquetado, classificado não apenas por dia, mas também por locação.

O primeiro rolo está marcado como CAT. Uma abreviação de Catacumbas.

Passo os dedos pela etiqueta. As Catacumbas são um dos locais mais famosos do mundo. Uma visita a Paris para procurar fantasmas não estaria completa sem elas. Então, se eu destruir as imagens dessa sessão, nós *teremos* que voltar.

Jacob pigarreia.

— Sabe, eu achei que entrar em um túmulo aberto e se esconder embaixo de um cadáver era uma péssima ideia, Cass, mas você está fazendo aquilo parecer sensato.

— Eu preciso fazer isso, Jacob.

— Não precisa, *não*. — Ele se agacha ao meu lado. — O que está acontecendo agora é diferente do que aconteceu na Escócia. Você não está presa no Véu. Existem opções aqui. E, se você parar pra pensar, o poltergeist não é mesmo problema nosso.

— Ele *é*. E, mesmo que não fosse, nós somos os únicos capazes de mandar ele embora, Jacob. Se não tomarmos uma atitude, pessoas podem se machucar.

— *Nós* podemos nos machucar! — exclama Jacob. Eu o encaro com um olhar crítico. — Bom, *você* pode — corrige ele. — Isso já é ruim o suficiente.

Eu me equilibro sobre os calcanhares.

— A lei do Homem-Aranha.

— Quê?

— Você sabe do que eu estou falando. Com grandes poderes... — digo, esperando ele terminar a frase.

Jacob resmunga em resposta:

— ... em andes respos...

— Como é? — insisto.

Ele arrasta o sapato no chão.

— ... vêm grandes responsabilidades.

— Exatamente.

Jacob se ajeita, suspira.

— Não acredito que você deu uma de Homem-Aranha pra cima de mim — resmunga ele enquanto pego o filme.

Jacob cobre os olhos, como se não quisesse ver.

Infelizmente, não tenho essa opção.

Eu juro solenemente não fazer nada de bom, penso enquanto tiro o cartão de memória das Catacumbas do seu lugar na espuma e o guardo no bolso de trás da calça.

— Tem dias que eu preferia que fosse maníaca pela Sonserada em vez de pela Grifinótia — resmunga Jacob.

— Não preferia, não — digo, soltando o rolo de filme denominado CAT. — E, um dia, vou convencer você a *ler* Harry Potter.

Giro o estojo de plástico nas mãos.

— Como é que você vai explicar essa destruição repentina? — pergunta Jacob. — Vai colocar a culpa no poltergeist? Será que seus pais vão acreditar?

Olho para a etiqueta de novo, pensando.

CAT.

Perto de nós, Ceifador se espreguiça e boceja.

— Não — digo, puxando a fita do rolo. — Mas gatos gostam de fitas, não gostam?

Cinco minutos depois, o palco está montado, não tem mais volta. Adele entra e diz que ouviu meus pais subindo as escadas. Eu agarro o braço dela e sigo rápido para o corredor, decidida a encontrá-los no caminho.

— Ah, vocês estão aí — digo quando damos de cara com eles na escada. — A gente estava indo pro restaurante.

— Está tudo bem? — pergunta minha mãe.

— Está — digo, um pouco rápido demais. — Ficamos com fome e queríamos saber se podíamos pedir comida.

— Certo — diz minha mãe enquanto nos viramos e voltamos pela escada.

Prendo a respiração enquanto subimos os degraus.

A última parte do plano depende de Jacob, ou melhor, dos seus poderes cada vez mais fortes.

— Você tem certeza que consegue? — perguntei, equilibrando a pasta na beira da mesa.

— Acho que sim — disse ele.

Jacob esticou os braços, estreitando os olhos em concentração, e pressionou um dedo no canto da pasta. Ela se inclinou um pouquinho antes de recuperar o equilíbrio.

Agora, quando chegamos ao corredor, solto um espirro alto, o sinal que combinamos, e, um segundo depois...

PAF!

O som de uma pasta de metal caindo.

Minha mãe corre para o quarto, com meu pai em seu encalço. Eu e Adele nos demoramos no corredor, mas, a julgar pelo som horrorizado que minha mãe faz e o palavrão que meu pai solta, deu certo.

A cena se apresenta diante de nós como a imagem da destruição.

Ceifador levanta com o som da pasta caindo, nervoso, e encara a bagunça no chão diante de si. Apenas alguns cartões de memória se soltaram. O restante permaneceu preso na espuma. Os rolos não tiveram a mesma sorte. Eles giram para longe, caem, quase todos inteiros, com exceção de um completamente estragado no centro da cena, com o filme todo emaranhado.

— Que gato feio! — grita minha mãe, indo para a frente.

Ceifador pula nas costas do sofá e me encara com seus olhos verdes, como se dissesse: *Que golpe baixo, humana.* Por dentro, juro que vou comprar um saco inteiro de erva-dos-gatos para ele quando tudo isso acabar.

— *Mon Dieu!* — exclama Adele.

Preciso admitir, seu rosto é a imagem da surpresa, enquanto eu só tenho vontade de vomitar.

Jacob se apoia nas costas do sofá com os braços cruzados, nitidamente dividido entre se sentir irritado comigo e orgulhoso da sua conquista. Ele se conforma em ficar observando enquanto nós quatro nos ajoelhamos para analisar o chão, recuperando todos os rolos e cartões de memória caídos, colocando-os de volta na pasta.

Meu pai tenta guardar o filme estragado no estojo de plástico, mas logo dá para ver que é uma tarefa inútil.

— Ainda bem que tem o backup digital — resmunga ele, mas minha mãe apenas balança a cabeça.

— Não está aqui.

— *Quê?* — pergunta meu pai, olhando dentro da pasta para confirmar aquilo que eu já sei.

Eles não vão achar o cartão das Catacumbas ali. Nem em qualquer outro lugar.

O rosto do meu pai está vermelho de raiva, o da minha mãe, pálido e manchado de nervosismo, e meu estômago se revira sem parar enquanto lembro a mim mesma que a vida das pessoas está correndo perigo. Que fiz a coisa certa, mesmo que, neste caso, tenha sido necessário errar um pouco.

Mesmo assim, não é uma sensação agradável.

E minha cara deve estar tão péssima quanto eu me sinto, porque Jacob não me perturba. Em vez disso, ele surge ao meu lado e apoia o ombro no ar ao meu lado.

— A lei do Homem-Aranha — diz ele enquanto meus olhos se enchem de lágrimas.

Concordo com a cabeça, prometendo a mim mesma que, se isso não funcionar, vou dar um jeito de compensá-los.

Todos eles.

Inclusive o gato.

— Ei — digo, como se eu tivesse acabado de ter uma ideia. — A gente só vai embora amanhã de tarde, né? Então por que não voltamos lá pra gravar amanhã cedo?

— Não é tão simples assim, Cassidy — diz meu pai, apertando a ponte do nariz.

Meu coração perde o compasso.

— Por que não?

Ele suspira.

— As Catacumbas são um lugar público. Tudo é muito controlado. Não podemos simplesmente entrar e sair quando dá na telha. A Pauline agendou nossa visita com semanas de antecedência.

Olho para minha mãe, mas ela já está se adiantando, com o celular apertado contra a orelha. Imagino que esteja falando com Pauline.

— Eu sei — fica repetindo ela, nos deixando apenas com momentos de silêncio para imaginar o que Pauline diz. — Tem algum jeito? Tudo bem.

Ela tira o celular da orelha com um suspiro trêmulo.

— E aí? — pergunta meu pai.

— Ela vai tentar dar um jeito.

Então fazemos a única coisa possível.

Esperamos.

Cinco agoniantes minutos depois, o telefone toca, e prendo a respiração enquanto minha mãe atende. Observo o rosto dela, a tensão finalmente sendo substituída por uma onda de alívio. Sinto como se meus pulmões fossem inundados de ar fresco quando ela diz:

— Obrigada. Muito obrigada.

Ela desliga e explica que Pauline, a santa e maravilhosa Pauline, conseguiu permissão para visitarmos as Catacumbas após o horário de funcionamento.

Hoje.

— Que ótimo! — exclamo.

— É, que ótimo — repete Jacob. — Porque a única coisa mais assustadora do que estar a trinta metros abaixo do chão durante o dia é fazer isso durante a noite.

E, apesar de Adele não conseguir escutar o que ele disse, ela também parece nervosa com a ideia de visitar as tumbas no escuro.

Meus pais voltam a vestir suas roupas de gravação, se arrumam e tentam recuperar algum resquício de calma enquanto esperam a chegada de Pauline. Mas, quando meu pai me vê calçando os sapatos, balança a cabeça.

— Não, Cass. Você e a Adele vão ficar aqui.

Meu estômago revira.

— Se vocês vão voltar, eu quero ir junto.

— Não tem motivo pra isso — diz minha mãe. — Você já ficou tão assustada na primeira vez, e...

— Não vou atrapalhar — prometo. — Por favor.

— A questão não é você *atrapalhar*, querida — diz minha mãe.

— Mas você estava louca pra ir embora de lá da última vez — interrompe meu pai. — Por que essa mudança?

Bom, penso, *eu preciso atrair um poltergeist pra lá, pra lembrá-lo de quem ele é e de como morreu, e então mandá-lo adiante antes que mais alguém se machuque.*

Mas não dá para eu dizer isso, então tento uma tática diferente.

— As Catacumbas são o tipo de lugar que a maioria das pessoas só vê uma vez — digo. — Não quero perder a chance de ir de novo. Mesmo sendo meio assustador. Além do mais, vocês me deram um trabalho, de tirar fotos. Quero fazer isso. — Percebo que os dois estão cedendo, mas dou uma última cartada. — Além do mais, quero mostrar as Catacumbas pra Adele.

Adele me encara sem um pingo de entusiasmo, mas imploro em silêncio para ela não dizer nada.

Minha mãe suspira, mas meu pai apenas balança a cabeça e olha para o relógio.

— Se você quer vir, é melhor pegar um casaco. Lá esfria à noite.

Resisto à vontade de jogar os braços ao redor da cintura dele. Uma coisa é estar feliz, mas outra é ficar estranhamente animada, e os dois não podem desconfiar de mim.

Por sorte, eles têm muito com que se preocupar.

Pauline nos encontra no saguão.

Ela preferiu chamar um carro. Anton e Annette já estão lá dentro. Meu pai entrega o filme para eles, pedindo um milhão de desculpas, mas Anton o dispensa com o aceno de mão e pega a pasta.

— *C'est la vie* — diz ele. — Essas coisas acontecem.

— A menos que você seja Cassidy Blake — diz Jacob enquanto o carro dá partida. — Aí, você *faz* essas coisas acontecerem.

CAPÍTULO 23

Quando paramos diante da cabine verde, está escuro.

Um guarda nos espera descer do carro, e tiro uma foto na placa da entrada, mandando-a para Lara.

> Eu: Entrando. Espero consertar as coisas.

> Eu: Se eu morrer, não banque o ceifador com o Jacob.

Desligo o celular, guardo-o no bolso e respiro fundo.

Confissão: Estou com muito medo. Com medo do plano dar certo. Com medo de não dar certo. Com medo do que nos espera lá embaixo, no escuro.

Eu queria que o sol ainda estivesse brilhando.

Sei que isso não devia fazer diferença — afinal, é sempre escuro lá embaixo, no subterrâneo. Não *devia* fazer diferença, mas faz. Conforme seguimos para a entrada, consigo sentir a mudança de que minha mãe sempre fala, no gosto e na sensação que o mundo tem depois que escurece.

Não há calor no ar para afastar o frio.

Não há luz para afastar as sombras.

Eu *sei* que a noite não é mais assombrada que o dia.

Ou melhor, que o dia não é menos assombrado que a noite. Mesmo assim, ele é bem menos assustador.

— Bate aqui, pra dar sorte — diz Jacob, esticando a mão para baixo em vez de para cima.

Paro a minha bem em cima da dele.

Pra dar sorte, penso, mas, em vez de fazer o som normal de pele tocando em pele, deixamos o gesto ser silencioso. Nossas mãos se demoram uma sobre a outra. O mais perto que conseguimos chegar de nos reconfortarmos.

Então seguro a câmera pendurada no meu pescoço. Não coloquei um filme novo, mas ela continua sendo um talismã. Um amuleto da sorte. Um toque extra de mágica. E seu flash branco forte é sempre bom para assustar fantasmas.

O guarda coloca uma chave pesada na tranca e empurra o portão de ferro para trás, o suficiente para nos apertarmos para passar por ele. Penso em Thomas, tão pequeno que conseguia simplesmente se esgueirar entre a última barra e a parede. A equipe entra primeiro, depois minha mãe, e então meu pai. Estou prestes a segui-los quando percebo que Adele não está comigo. Olho para trás e a vejo espiando a entrada, seus tênis dourados se mexendo nervosamente sobre a calçada. Ela morde o lábio e olha para a cabine escura atrás de mim.

— *Alors* — diz ela baixinho, mantendo o queixo empinado e a cabeça erguida. — Sabe, está ficando tarde. É melhor eu ir pra casa.

Até agora, ela foi tão impetuosa, tão corajosa, que esqueci: Adele é só uma criança.

— É verdade — digo. — Sua mãe deve estar preocupada.

— Deve mesmo. Não é que eu não queira entrar — acrescenta ela com uma fungada orgulhosa. — É só que...

— Não tem problema — digo, segurando seu ombro. — Você foi muito legal. Eu não teria chegado tão longe se não fosse pela sua ajuda. Mas posso cuidar das coisas agora.

Os olhos afiados dela encontram os meus.

— Tem certeza de que você consegue?

Não, penso. Não tenho nem um pingo de certeza. Mas o que eu digo é:

— Espero que sim.

Adele engole em seco e concorda com a cabeça.

— Tudo bem.

Minha mão solta seu ombro. Ela está começando a se afastar quando tenho uma ideia.

— Espera — grito, entrando rápido na cabine verde.

Corro até meu pai e tiro o sachê de sálvia e sal do bolso do seu paletó. Ele vai ter que se virar com um amuleto a menos.

— De onde saiu isso? — pergunta ele, mas já estou voltando para Adele.

Jacob se afasta, prendendo a respiração, enquanto entrego o saquinho a ela.

— Pra manter você segura — digo.

Adele olha para o sachê e depois joga os braços ao redor da minha cintura.

— *Bonne chance*, Cassidy Blake.

— Isso é *tome cuidado* em francês?

Adele balança a cabeça.

— Não — diz ela com um sorriso. — Significa *boa sorte*.

Sorrio de volta.

— *Merci*, Adele Laurent.

— Tchau, baixinha — acrescenta Jacob enquanto a menina segue para a estação de metrô do outro lado do quarteirão.

— Cassidy! — chama minha mãe de dentro da cabine, e respiro fundo.

— Pronta? — pergunta Jacob.

— Nem um pouco.

Ele engole em seco.

— Mas nós vamos fazer isso mesmo assim, né?

Empino os ombros na direção da porta.

— É. Vamos.

Seguimos o restante do grupo pela catraca, parando no topo da apertada escada em espiral que desce para a escuridão. Meus pais vão na frente, seguidos por Anton e Annette, as câmeras apoiadas nos ombros, a luz vermelha sinalizando que já estão gravando. Depois deles: eu, Jacob e Pauline.

Seis conjuntos de passos ecoando pela escada.

Un, deux, trois, conto enquanto descemos por um andar, dois, três. *Quatre, cinq,* concluo ao chegarmos no último.

Uma brisa, bolorenta e fria, sopra na nossa direção, como se os túneis estivessem respirando.

Aperto meu casaco, as velhas fotos de Thomas e sua família fazendo um barulho baixo nos meus bolsos. Então começamos a caminhada de dez minutos pelos túneis vazios até a entrada do Império dos Mortos.

Água pinga do teto baixo. Passos ecoam pelas pedras úmidas.

— Agora? — pergunta Jacob. Ele enfia as mãos nos bolsos, nitidamente louco para acabar com aquilo.

Balanço a cabeça. Thomas e Richard não brincariam aqui, onde não há curvas e reviravoltas, sem nada para escondê-los. Não, eles estariam mais entranhados, onde os corredores canalizam o vento e as paredes estão cheias de ossos e sombras.

Mas não posso culpar Jacob por querer resolver logo isso.

O ar está úmido e frio, e cada passo que damos nos distancia da segurança. O Véu começa a pesar, quase se apoiando em mim, me empurrando para a frente, tentando me puxar para o outro lado da linha, para a escuridão.

Ainda não, penso, empurrando de volta. *Ainda não.*

Chegamos ao fim das galerias.

ARRÉTE!, avisa a placa sobre a porta. PARE!

Chegamos longe demais para fugir agora.

E, assim, respirando fundo, entramos.

PARTE 5
A LEMBRANÇA

CAPÍTULO 24

— Enterradas embaixo de Paris, as Catacumbas abrigam mais de seis milhões de corpos...

Meus pais caminham na frente, recontando o passado e as lendas do lugar. Eles recitam as mesmas histórias, porém o clima é diferente agora. Os dois estão nitidamente tensos, abalados com o incidente da pasta. Isso os deixa nervosos e assustados de um jeito que deve ser ótimo para um programa sobre atividades paranormais. Até a calma inabalável do meu pai se esvaiu, fazendo com que ele pareça, pela primeira vez, realmente abalado.

A voz da minha mãe é tensa, mesmo com suas mãos dançando pelo ar, passando pelos crânios.

— Os túneis serpenteiam sob a cidade, tão vastos que a maioria dos parisienses caminha sobre ossos...

— Agora? — pergunta Jacob, e concordo com a cabeça, sabendo que não teremos oportunidade melhor.

Dou um passo para trás, dois, e então me viro, prestes a tocar o Véu, quando uma mão segura meu pulso.

Pauline.

— Não saia andando por aí — avisa ela, tomando o cuidado de manter a voz baixa, porque tudo faz eco aqui.

— Pode deixar — sussurro, erguendo um pouquinho a câmera. — Eu só estava procurando um ângulo bom pra foto.

Aponto para os meus pais atrás dela, que estão se afastando. O brilho das luzes do túnel no teto acima deles cria uma aura sinistra, transformando-os em silhuetas.

Pauline me solta um pouco, e aproveito a chance.

Quando a mão dela se abaixa, já estou segurando o Véu. Ele se abre para mim, e a última coisa que vejo é Pauline se virando com os olhos arregalados de surpresa enquanto desapareço pela cortina invisível.

Meu coração dispara em pânico quando sou jogada na escuridão.

O ar está pesado e rançoso. Só consigo pensar que estou cinco andares embaixo da terra, e que, na última vez, havia uma lamparina no chão, que não está mais aqui, e não consigo respirar. O pânico preenche o espaço que deveria ser ocupado pelo ar, e preciso reunir todas as minhas forças para não pegar o Véu e voltar para a segurança da luz.

— Jacob — sussurro, quase com medo de não receber uma resposta. Quase com medo de ouvir uma voz diferente. Mas então sinto meu amigo, uma movimentação no ar ao meu lado.

— Cass — sussurra ele de volta, e me dou conta de que quase consigo ver o contorno do seu rosto.

Pisco algumas vezes, desesperada para meus olhos se ajustarem, e, quando isso acontece, percebo que a escuridão não é absoluta.

Deve haver uma luz em algum lugar, atrás de uma curva, o brilho discreto se espalhando pelos túneis. Sigo em frente, mantendo uma mão na parede para me equilibrar. Não se trata de uma parede, lógico, mas de uma pilha de ossos. Meus dedos passam pelos buracos de um crânio, pelas inclinações e ranhuras nos pontos em que os ossos se juntam como peças de um quebra-cabeça.

Viramos uma curva, e encontro a lamparina a óleo no chão. Eu me agacho e viro o pino para aumentar a luz, e o túnel fica um pouco mais claro, porém não tanto quanto eu gostaria. Olho ao redor, mas não há sinal de Thomas. Não há sinal de ninguém, aliás. Os túneis estão vazios.

— Thomas? — chamo.

Mas só escuto o eco da minha própria voz. E não há sinal dele nem da luz vermelha que parece acompanhá-lo pelo Véu.

Mas ele precisa estar aqui. Precisa.

E se não estiver?

Olho para a lamparina no chão de terra, depois me empertigo. Tenho uma ideia.

— Ei, Jacob — digo. — Quer brincar de esconde-esconde?

Ele me encara por um longo momento, depois engole em seco e estica as mãos. Um punho fechado se apoia na outra palma aberta: o gesto universal para pedra, papel e tesoura.

— Quem vencer se esconde — diz ele. — Quem perder procura.

— De jeito nenhum — respondo.

Pedra, papel e tesoura não é justo quando um de nós lê mentes. Tiro uma moeda do bolso de trás da calça e a jogo no ar.

— Coroa — diz Jacob enquanto a moeda brilha na escuridão.

Pego a moeda e a bato nas costas da minha mão.

Cara.

Que alívio. A única coisa mais assustadora do que estar aqui no escuro seria fechar meus olhos. Jacob geme e se vira para encarar a coluna de ossos mais próxima, tapando os olhos com as mãos.

— Um, dois, três... — começa ele.

E, em vez de correr para me esconder, entro em um espaço escuro por perto, e espero. Espero algum movimento. Espero a visão de olhos vermelhos em um rostinho redondo. Mordo o lábio.

Jacob chega a dez, e nenhum sinal de Thomas.

Quinze.

Vinte.

Mas, assim que ele diz "vinte e um", escuto o farfalhar de passos. Olho para cima e vejo Thomas. O garotinho espia atrás da curva, os olhos vermelhos arregalados de curiosidade. Ele não me vê. Mas vê Jacob. Thomas o observa por um bom tempo antes de virar e sumir na escuridão.

Eu o sigo, tomando cuidado para ficar longe o suficiente para ele não perceber minha presença, mas sem perdê-lo de vista. O fato do seu corpo inteiro estar manchado de vermelho ajuda a me guiar. Suas extremidades brilham, o ar ao redor se enroscando em filetes de névoa colorida. Sigo em seu encalço, e não demora muito para Thomas parar e se agachar. Ele se encolhe dentro de um buraco baixo, os ossos no chão há muito esmigalhados.

Igual à alcova da história de Adele.

Eu me agacho diante do esconderijo.

— Peguei você — sussurro.

Mas, por um momento, só vejo escuridão, sombras, e penso que, de alguma forma, Thomas escapou. E então percebo que ele continua ali. Com a cabeça abaixada, curvada sobre os braços dobrados. Agora, ele olha para cima, os olhos vermelhos brilhando no escuro.

E *franze* o rosto.

Dou um pulo para trás, chocada com a raiva naquele rostinho. A maldade em seu olhar enquanto ele engatinha para fora do esconderijo, os olhos vermelhos tão brilhantes que parecem queimar o ar à sua frente.

— Thomas... — começo, tirando as fotos do casaco enquanto ele se levanta.

Sua expressão exibe o tipo de afronta que só uma criança da sua idade consegue transmitir. Indignação. Traição.

Ele resmunga alguma coisa em francês, e, apesar de eu não entender as palavras, o sentimento é óbvio. Eu trapaceei. Não brinquei de um jeito justo.

— *Thomas* — repito, tentando manter a voz calma.

Estico as fotos dele e do irmão, mas sou ignorada. Seus olhos passam direto pelas imagens, como óleo sobre água, e aterrissam em mim.

Então suas mãos se impulsionam para frente na velocidade da luz.

Pulo para trás, achando que ele está mirando em mim. Mas, em vez disso, Thomas bate na parede de ossos mais próxima, como uma criança que derruba blocos de brinquedo.

Só que estes blocos não caem.

Eles tremem e balançam, brilhando vermelhos com a força do seu poder.

Fora do Véu, Thomas já é forte.

Aqui, no lado de dentro, alimentado por todas as brincadeiras de mau gosto, intimidações e caos, ele se torna algo completamente diferente. É como se conseguisse puxar energia do próprio entorno, dos mortos inquietos, dos séculos de perda e medo e tristeza. As Catacumbas se curvam ao redor dele, para ele. Na visão de Thomas, esse lugar não é apenas uma tumba.

É um parque de diversões.

E, conforme as paredes tremem, algo começa a atravessá-las, vazando entre os ossos como fumaça. Então toma forma. Um jovem casal com mochilas. Uma adolescente com cabelo preto escorrido. Um homem de meia-idade com barba bagunçada. Eles vêm, primeiro um, depois dois, cinco, dez, e, conforme os espíritos vazam das paredes cheias de ossos, arrastando os pés, fazendo careta, raivosos, eu me afasto, entendendo, horrorizada, que as Catacumbas nunca estiveram vazias.

Eles só estavam dormindo.

Minha câmera voa para cima, meu dedo indicador já acertando o flash. O brilho forte faz com que eu ganhe um segundo.

E, nesse segundo, viro e saio correndo.

CAPÍTULO 25

Meus pés escorregam na pedra úmida.

Chego ao fim do túnel antes de um homem velho e esfarrapado subir pelo chão, bloqueando o caminho. Eu derrapo, fincando os calcanhares no chão, e sigo por outro caminho mais escuro, puxando o colar por cima da cabeça, e bato em outro corpo. Já estou levantando o espelho quando uma mão conhecida segura meu pulso.

— Jacob — arfo, virando o espelho para longe.

Ele olha por cima do meu ombro, seus olhos se arregalando para a maré de espíritos, para os ossos retumbantes.

— O que você *fez?* — quer saber ele.

— Encontrei o Thomas — digo, puxando Jacob comigo.

Um portão está aberto lá na frente, e passamos aos trancos e barrancos por ele. Eu me viro e fecho as grades de ferro com força. Ainda ofegante, continuo:

— O ponto positivo é que Thomas com certeza está aqui. O negativo — acrescento, me apoiando na grade — é que ele é mais forte do que eu esperava.

Fecho os olhos enquanto uma onda de tontura toma conta de mim, o Véu começando a roubar minha força, meu foco.

— Então qual é o plano? — pergunta Jacob, e estou prestes a responder quando ele me puxa do portão, segundos antes de uma mão passar pelas grades.

Uma mulher está atrás delas, tentando me pegar, sussurrando em um francês desesperado. Levanto o espelho, capturando sua atenção.

— Observe e escute. Veja e saiba. Isso é o que você é.

Seus olhos se arregalam um pouco, e enfio minha mão dentro do seu peito, puxando sua espiral. Ela desmorona, mas, antes mesmo de desaparecer, as paredes tremem, chamando outros espíritos, e sei que a única maneira de vencer todos eles é parando o fantasma que os acordou.

Thomas.

Eu me afasto da grade.

— Anda — digo, pegando a mão de Jacob. — Não podemos ficar aqui.

— Mas a gente também não pode ficar fugindo — responde ele.

— Eu sei — digo. — Só quero ganhar tempo pra...

Nós viramos outra curva, e um espírito (um homem de meia-idade com roupas antiquadas) sai da escuridão.

— *Chérie, chérie* — cantarola ele, e não sei quem é Chérie, mas algo naquele fantasma chama minha atenção. E não é a preocupante ausência de dentes no seu sorriso.

Mas ele está com alguma coisa na cabeça.

É uma boina daquelas com uma aba dura na frente.

Vi uma igual a essa nas fotos antigas que estão no meu bolso. E, de repente, tenho uma ideia.

Jacob já está se afastando do fantasma, mas eu corro para a frente.

— Com licença — digo —, pode me emprestar seu...

O homem rosna e me agarra, me jogando contra uma parede de ossos que balançam, machucando minhas costas. Eu arfo, mas consigo tirar a boina de sua cabeça antes de Jacob puxá-lo pelas costas, jogando-o para trás.

Livre, eu me apoio nos ossos, e Jacob arremessa o outro fantasma em uma coluna de crânios. Ela desaba com um baque, e o homem cai no chão, confuso.

— Vamos! — grita Jacob, mas meu olhar vai para a camisa dele, com seu emblema enorme de revista em quadrinhos, e depois para o paletó do homem, gasto e velho.

Pressiono a boina roubada nas mãos de Jacob e volto para o fantasma caído, puxando uma de suas mangas cinza.

— Pode vir me ajudar? — digo para Jacob, irritada por ele ficar parado ali, seu olhar alternando entre eu e a boina.

— Ajudar com o quê? — pergunta ele.

— A... tirar... este... paletó... — respondo, puxando a manga do fantasma.

Ele está começando a resistir, mas, com a ajuda de Jacob, consigo tirar o paletó do fantasma desnorteado, uma tarefa tão difícil e desajeitada quanto parece.

Jogo o paletó para Jacob e posiciono o espelho em frente ao rosto do espírito, arrancando sua espiral o mais rápido possível. Antes mesmo de ele sumir, já estou voltando para o túnel, procurando o lugar certo para montar minha armadilha.

— Você vai me contar o que está acontecendo? — pergunta Jacob, segurando o paletó e a boina enquanto me segue.

Finalmente, encontro.

Um trecho de túnel iluminado apenas por uma lamparina a óleo, com um lado se dissolvendo na escuridão, e o outro sendo um beco sem saída.

Eu me viro para Jacob.

— Vamos brincar de outra coisa. Veste isso aí.

Ele me encara, chocado.

— Você quer que eu vista as roupas de outro fantasma?

Pego uma das fotos. A imagem de Richard sozinho após a morte de Thomas.

— Quero que você se vista como *ele*.

Jacob encara a imagem por um longo momento, e espero por uma resposta sarcástica, mas ele fica quieto, apenas olhando, com uma expressão impossível de interpretar.

— O que foi? — pergunto. — Você acha que não vai dar certo?

Quando ele responde, sua voz é baixa, estranhamente séria.

— Na verdade, acho que vai.

Jacob veste o paletó, fazendo careta.

— Isso é tão nojento — resmunga ele.

O casaco é grande demais para o seu corpo, o suficiente para cobrir a camisa, talvez passando uma impressão pouco natural, mas é isso o que temos para hoje. Ele dobra as mangas.

— Desculpa — digo.

— E aí? — pergunta ele, ajustando a boina sobre a cabeça. — Como estou?

Eu o encaro de cima a baixo, surpresa com a diferença que poucas mudanças fazem. Usando o paletó e a boina, Jacob quase convence como um garoto de antigamente.

Olho para a foto de Richard e depois para ele.

— Só mais uma coisa — digo.

Então passo a mão sobre uma pilha baixa de ossos e esfrego a poeira nas bochechas dele.

Jacob trinca os dentes.

— É sério que você acabou de esfregar poeira de gente morta em mim?

Os dois não são iguais, é lógico.

Mas talvez seja suficiente.

É melhor que seja, porque minhas opções estão acabando.

E meu tempo também.

Minha visão começa a embaçar um pouco, e sei que não posso demorar muito mais aqui.

— Você vai ter que comprar tantas revistas em quadrinhos pra mim depois disso — diz Jacob, mas a piada é desanimada, e dá para perceber que ele está nervoso. Até assustado. Eu me esqueço, às vezes, que no dia a dia boa parte do medo de Jacob é fingimento, para me ajudar a me sentir corajosa.

Vê-lo assustado de verdade é apavorante.

Explico a Jacob o restante do meu plano, e então aponto para a torre de ossos mais próxima.

Os crânios formam faixas onduladas a cada sessenta centímetros, sorrindo com seus olhos vazios. Uso-as como apoio, e Jacob entrelaça os dedos para dar apoio ao meu pé, me ajudando a subir no topo da parede. É assim que penso nela. Uma parede. Não uma pilha de fêmures e crânios, os ossos oscilando perigosamente sob o meu peso. Nada disso. Só uma parede. Um lugar para me agachar, me esconder, esperar. O teto é baixo e úmido, e me encolho de nojo quando encosto o topo da cabeça nele, tentando não pensar muito nisso.

De onde olho, o rosto de Jacob está escondido pela boina, e é fácil imaginar que ele é outra pessoa. Um garoto procurando pelo irmão caçula.

— Thomas! — chama ele, sua voz ecoando pelos túneis.

Thomas... Thomas...

Por um longo momento, nada acontece.

— Thomas?

... Thomas... Thomas...

E então.

O garotinho surge do nada. Ele não espia atrás de uma curva, não vem correndo. Em um segundo, Jacob está sozinho no túnel. No outro, não está.

Jacob não o vê, não no começo.

Ele está de costas para o menino enquanto grita para o escuro.

— Thomas!

... Thomas... Thomas...

O menino inclina a cabeça, confuso, mas a luz vermelha em seus olhos pisca uma vez, como uma lâmpada queimando, e então volta. Ele dá um passo para a frente, mas para quando pisa em um pedaço de papel. É uma das fotos que espalhei, como migalhas de pão, por este trecho do túnel, tentando guiar um garoto perdido de volta para casa.

Observo Thomas se agachar e pegar a foto. Ele encara a imagem de Richard com a mão no ombro do irmãozinho. Seus olhos estreitam. A luz vermelha pisca de novo.

Está *funcionando*.

Jacob continua andando, como o combinado, e Thomas o segue.

Os ossos embaixo de mim machucam as palmas das minhas mãos quando me inclino para a frente.

Thomas se ajoelha, pegando outra foto. E outra. E outra. A luz vermelha ao seu redor enfraquece a cada foto. A cada memória.

Sigo engatinhando, tentando acompanhar o ritmo enquanto ele vai se aproximando de Jacob.

A parede por onde me movo é dura, os ossos travados para formar uma estrutura rústica, porém estável. Mas as pilhas *embaixo* dessa não passam de montanhas de ossos velhos farelentos, então tomo cuidado para permanecer sobre a linha estreita e firme.

Lá na frente, o túnel acaba.

Jacob para, leva uma mão aos ossos que bloqueiam seu caminho, e então se vira.

Não consigo enxergar seu rosto, mas seu corpo inteiro enrijece em surpresa diante da visão do menino segurando as fotos antigas. Ou ele é um ator melhor do que eu imaginava, ou realmente não escutou que Thomas o seguia.

— Thomas — diz ele, e percebo que está tentando manter a voz estável.

Calma, penso enquanto o ar vibra nervosamente ao redor de Thomas.

— Richard?

A voz de Thomas é baixa, incerta.

Jacob estica uma mão, e Thomas está prestes a segurá-la. A luz vermelha em seus olhos quase desapareceu, e estou quase alcançando os dois quando meu joelho acerta um osso mais fraco...

E ele quebra. Não o suficiente para eu escorregar, mas o som ecoa pela escuridão como um galho se partindo em uma floresta silenciosa.

Thomas se vira para longe de Jacob, o brilho vermelho voltando aos seus olhos. Eu giro de lado, saindo da sua linha de visão, entrando mais no escuro.

Tarde demais percebo meu erro.

Tarde demais todo meu peso sai da parede estável e passa para a pilha de ossos podres.

Tarde demais, e a pilha cede, se esfarelando como cinzas embaixo de mim, e estou caindo, caindo, caindo no escuro.

CAPÍTULO 26

Há muitas formas de escuridão.

Há a escuridão quente, avermelhada, que você enxerga quando fecha os olhos.

Há a escuridão gostosa de um cinema, a plateia iluminada apenas pela tela.

E então há a escuridão verdadeira de espaços sem luz no subsolo, lugares tão pretos onde é impossível enxergar as próprias mãos. Você não consegue ver os contornos do seu corpo. Não consegue ver nada das coisas que sabe que estão ali no escuro.

Estou nesse tipo de escuridão.

Meus pulmões se enchendo de cinza e poeira me fazem tossir. Alguma coisa espeta minha lateral. E, por um momento, só consigo pensar: *Foi assim que ele morreu*. Thomas, enterrado pelos ossos.

Mas continuo viva.

Continuo viva.

Mesmo que não consiga enxergar.

E então me lembro do celular. Puxo-o do bolso — não há sinal aqui, mas não preciso ligar para ninguém. Só quero luz. Ligo o aparelho e a lanterna. O mundo ao meu redor explode em uma luz branca forte. A visão é... desagradável. Estou deitada de costas no fundo de um buraco, vendo a poeira pairar lá do topo. Fico de quatro, tentando prender a respiração para não inalar a nuvem de morte e decomposição enquanto movo a luz do celular. O buraco não é fundo, talvez tenha pouco mais de um metro. Consigo alcançar o topo, segurar a beirada, mas os ossos farelentos são macios em alguns lugares, afiados em outros. A cada vez que me mexo, o ar se enche de coisas que não quero respirar, sobre as quais não quero pensar.

— Cassidy! — chama Jacob, sua voz tensa de pânico.

— Estou bem! — grito de volta.

— Mas eu não estou!

Olho ao redor, vendo apenas a escuridão em três lados e a muralha de fêmures e crânios à minha esquerda. Quando pressiono os olhos nos espaços vazios, consigo ver Jacob, cercado pela luz vermelha, enquanto seus braços apertam com força Thomas, segurando o menino contra si mesmo.

Thomas se debate todo, tentando se libertar. O ar ao seu redor oscila e brilha, vermelho, e o túnel inteiro começa a tremer conforme a luz rubra se espalha por tudo, se derramando pelo chão, pelo teto, pelas paredes de ossos.

O poltergeist está com *raiva*.

Estico as mãos, tentando me impulsionar para fora do buraco, mas minha posição não é boa. As laterais do buraco afundam, com terra, poeira e coisas nojentas grudando nas minhas mãos. Escuto o som de passos, o farfalhar de pés, e tenho a sensação desconcertante de que, daqui a pouco, não serei a única neste trecho do túnel.

— Cass! — berra Jacob.

— Aguenta firme! — grito de volta, girando devagar em um círculo, tentando entender o que fazer.

Tento apoiar meu pé em um espaço que encontro, mas não dá certo. Subir não é uma alternativa.

O chão inteiro começa a balançar com a força da indignação de Thomas. Até a parede de ossos à minha esquerda começa a tremer e mexer.

Meu pai costuma dizer um negócio: *Tem vezes que a única saída é seguir em frente.*

Bato com o ombro na parede e sinto-a tremer e oscilar. Bato de novo, engolindo uma onda de dor quando a parede inteira se move e se inclina, finalmente indo para a frente e se desfazendo.

E caindo.

O túnel é preenchido com o baque de centenas de ossos secos acertando terra e pedras. Eu saio do buraco, tossindo poeira, tropeçando enquanto tento abrir caminho pela maré de ossos.

Jacob olha para mim com os olhos arregalados, a palavra não dita, porém óbvia.

Rápido.

O cabelo dele flutua, e seus olhos estão brilhantes enquanto o menino em seus braços grita, se debate, luta para se libertar.

Mas Jacob não o solta.

Vou até ele com poeira grudada na minha pele, apertando o espelho em uma das mãos, e os muros de ossos nos dois lados balançam, ameaçando cair. Porém os olhos de Thomas continuam vermelhos, e vejo as fotos rasgadas girando no redemoinho ao redor dele.

Meu coração se aperta, porque tentei de tudo, e Thomas ainda não encontrou o caminho de volta. Ainda não lembrou.

Não sei o que fazer.

Mas, no fim, não sou eu que faço algo.

Os braços de Jacob se apertam ao redor de Thomas, e ele diz:

— *C'est finit.*

Eu me lembro de quando estávamos no quarto do hotel, sentados no chão, com Adele contando a história sobre o que aconteceu com os irmãos naquela noite.

Richard gritou: "Thomas, c'est finit", acabou, mas não veio resposta nenhuma pelos túneis além do eco da sua voz.

O vermelho pisca nos olhos de Thomas.

Os túneis estremecem, e me esforço para continuar de pé. Ossos caem ao nosso redor, afiados como vidro.

— *Non* — sussurra Thomas, porém ele não parece mais irritado. Apenas triste e perdido.

— *C'est finit, Thomas* — repete Jacob, e juro que consigo ver lágrimas escorrendo pela poeira em seu rosto.

— *C'est finit* — sussurra Thomas de volta, e a luz vermelha pisca e some.

Finalmente, Thomas para de se debater.

O túnel para de tremer.

O Império dos Mortos fica silencioso, parado.

Thomas olha para mim, seus olhos arregalados e castanhos e assustados quando o alcanço. Jacob inclina a cabeça contra o menino, fechando os olhos quando levanto o espelho.

— Observe e escute — digo em um tom gentil.

As extremidades dele tremulam nos braços de Jacob.

— Veja e saiba.

Ele encara o espelho, lágrimas escorrendo por suas bochechas.

— Isso é o que você é.

Thomas se afina, deixando de ser de carne e osso e passando para teias e fumaça, e enfio a mão no seu peito, meus dedos fechando ao redor da sua espiral. Eu a puxo, o fino fio de uma vida que não devia ter sido tão curta. Ele se liberta, dissolvendo em minha mão, desaparecendo junto com Thomas Alain Laurent.

Um momento ele estava lá, e então não estava mais.

Poltergeist, depois fantasma, depois nada.

Os braços de Jacob caem nas laterais do corpo, vazios. Ele se apoia na parede às suas costas, pela primeira vez sem se importar com o fato de ela ser feita de crânios.

— Jacob? — sussurro, preocupada com seu silêncio.

Ele esfrega os olhos e engole em seco. Então tira a boina emprestada da cabeça e a joga para longe.

— Eca — diz ele, arrancando o paletó. — Que nojo.

Eu me apoio na parede ao seu lado, e, por um longo segundo, ficamos parados ali, entre os ossos, na escuridão. Minha cabeça gira, minha garganta está cheia de poeira, e nós dois sabemos que chegou a hora de ir embora, mas algo nos mantém ali.

— A gente conseguiu — diz Jacob.

— A gente conseguiu — repito, apoiando minha cabeça em seu ombro.

E, então, as Catacumbas começam a sussurrar.

Eu e Jacob trocamos um olhar.

Thomas pode ter ido embora, mas este lugar está longe de ser vazio.

— Vamos embora daqui — digo, pegando o Véu.

Por um instante, a cortina resiste, e então a mão de Jacob se une à minha, e, juntos, atravessamos. Uma onda de frio acerta meus pulmões, e o mundo ressurge, subitamente iluminado. Um segundo depois, Jacob surge ao meu lado, transparente como sempre, e olho ao redor, com medo de termos nos afastado demais. Mas então escuto as vozes dos meus pais, altas e felizmente próximas, e viro uma curva logo antes dos dois virarem e olharem.

— Aí está você — chama meu pai. — A gente não avisou pra não perambular por aí?

— Desculpa — digo, correndo para alcançá-los. — Eu só estava tentando não aparecer nas filmagens.

Minha mãe passa um braço por cima dos meus ombros.

Ela olha para as Catacumbas.

— Tomara que a gente não precise mais voltar — diz ela.

Eu concordo completamente.

Subimos até a superfície em silêncio, e é só quando chegamos à rua que minha mãe nota minhas roupas.

— Cassidy Blake — briga ela. — Como foi que você se sujou tanto?

CAPÍTULO 27

De volta ao hotel Valeur, eu tomo um banho bem, *bem* quente, tentando tirar os resquícios das Catacumbas da minha pele. Eu me seco e visto um pijama vermelho e amarelo, sentindo que mereço minhas cores da Grifinória hoje.

Meus pais estão no sofá, dividindo uma garrafa de vinho tinto enquanto assistem às novas gravações. Annette só lhes deu uma cópia do arquivo digital e disse que seria melhor ela e Anton guardarem o restante.

Na tela, os dois estão diante de uma parede de ossos, as luzes criando sombras compridas sobre as estampas de crânios.

— Ficou bom — digo, passando por eles.

— É — diz meu pai —, mas não era assim que a gente pretendia passar nossa última noite...

— O lado bom — acrescenta minha mãe — é que esta gravação ficou melhor do que a outra.

— Ainda bem que deu tudo certo — digo, aliviada de verdade.

— Quer assistir? — pergunta ela, dando um tapinha no espaço ao seu lado no sofá, onde Ceifador agita uma orelha.

Balanço a cabeça.

— Não, obrigada — digo.

Já ultrapassei a minha cota do Império dos Mortos.

No meu quarto, encontro Jacob sentado no peitoril da janela aberta. Ele olha para trás.

— Bem que *eu* queria tomar um banho — diz ele, esfregando uma mancha de sujeira no braço. — Estou fedendo a terra de túmulo e ossos velhos.

Vou até a janela ao lado dele e dou uma fungada no ar.

— Pra mim, você não tem cheiro de nada.

— Bom, obviamente os *meus* sentidos espectrais são mais apurados que os seus. — Ele passa uma mão pelo cabelo. — Falando de cheiros, agora que o Thomas foi embora, a gente pode jogar esse monte de sálvia e sal fora, por favor? Estou com uma dor de cabeça horrorosa.

— Sem problema.

Reviro o quarto do hotel e encontro os sachês que escondi nas malas dos meus pais, no peitoril de suas janelas, embaixo do sofá e no vaso perto da porta.

— Cass, o que você está fazendo? — pergunta minha mãe quando coloco a caixa de amuletos de proteção no corredor.

— Só arrumando minhas coisas — digo, e volto para o quarto.

— Melhorou? — pergunto.

Jacob suspira de alívio.

— Muito — diz ele, mas não sai da janela aberta.

É nítido que alguma coisa ainda o incomoda, e quero perguntar o que é, mas não faço isso. Preciso confiar no meu amigo, acreditar que, quando ele se sentir pronto para me contar o que está pensando, vai fazer isso.

Então apenas me jogo na cama, fazendo uma careta quando algo cutuca minhas costelas.

Meu celular.

Eu me esqueci que ele estava desligado, e, quando o ligo, a tela se enche de mensagens, todas de Lara Chowdhury.

Respondo a ela, jurando que estou bem, que Thomas Laurent foi oficialmente embora (e faço questão de dizer que eu não teria conseguido sem a ajuda de Jacob) e que explico tudo amanhã. Hoje, só quero dormir.

Eu me afundo nos travesseiros e fecho os olhos, já me perdendo na escuridão.

Acordo no meio da madrugada.

Desta vez, não é por causa de um pesadelo, mas pela sensação de que não estou sozinha. Giro na cama e vejo que Jacob continua ali, na janela aberta, a cabeça inclinada para trás. Ele está com um olhar distante, como se estivesse olhando além dos prédios da cidade, para algo que não consigo enxergar. Talvez eu ainda esteja dormindo, talvez *isto* seja o sonho, porque ele não parece me escutar quando penso em seu nome. Fecho os olhos e, quando dou por mim, já é manhã.

A luz do sol passa pelas janelas enquanto fazemos as malas. Deixamos a bagagem e a caixa de transporte de Ceifador na recepção, para o desprazer da recepcionista.

Esta é nossa última manhã, e ainda há uma coisa que quero fazer.

— Você não pode ligar pra ela? — pergunta meu pai quando conto meu plano.

Balanço a cabeça.

— Ainda estou com as fotos dela — respondo. — E quero me despedir.

Minha mãe coloca uma mão sobre meu ombro.

— Está tudo bem — diz ela. — A gente tem tempo.

Lá fora, faz um dia lindo, e a cidade inteira resplandece, desde os prédios de pedra clara até os telhados de metal que se agigantam sobre o céu azul brilhante. E Paris parece estar voltando ao normal. O metrô funciona, os sinais de trânsito pararam de piscar, e não há veículos de emergência passando correndo.

É como se Thomas nunca tivesse existido.

Mas é óbvio que ele existiu.

E, mesmo que a cidade já esteja seguindo em frente, eu não vou me esquecer dele tão cedo.

Quando chegamos ao prédio das Laurent, peço aos meus pais para esperarem do lado de fora e subo dois degraus por vez até o apartamento 3A. É a Madame Laurent quem atende, e, ao me ver parada sobre seu capacho, seus olhos estreitam, imediatamente desconfiados.

— Você de novo? — pergunta ela, a mão se apertando sobre a porta aberta, mas Adele surge ao seu lado.

— *Maman!* Ela é minha amiga.

As duas trocam palavras rápidas em francês. Então Sylvaine suspira e se afasta, deixando eu e Adele (e Jacob) sozinhas no corredor. Adele usa os mesmos tênis dourados, junto com um suéter vermelho e amarelo, o emblema da casa sobre seu coração.

É lógico. Ela é da Grifinória.

— Entra — chama ela, animada —, vamos pro meu quarto.

Adele me guia pelo corredor até um quartinho bonito.

— Deu certo? — pergunta ela assim que fecha a porta. — Como foi?

Olho para Jacob, mas, estranhamente, ele se vira para o outro lado.

— Foi intenso — digo. — Mas, no fim, fizemos ele entender. O Thomas se lembrou de quem era, e consegui fazer com que ele seguisse seu caminho.

Adele concorda com a cabeça, pensativa.

— Pra onde você acha que ele foi?

— Essa é uma ótima pergunta — digo. — E, pra ser sincera, não sei. Pra algum lugar onde a gente não consegue ir. Mas o importante é que ele não está mais preso. E não está perdido. Ele se libertou.

Adele sorri.

— Que bom — diz ela. — Obrigada, Cassidy.

— Eu não teria conseguido sem a sua ajuda — respondo.

Olho para Jacob. *E sem a sua.*

Jacob abre um sorriso triste, mas fica quieto. Ele continua estranho.

Adele pega um pirulito em um pote na cômoda e me oferece. Eu aceito, abrindo a embalagem para encarar um verde vivo. Limão.

— Nunca gostei de limão — comenta Jacob, apesar de eu saber que ele só está reclamando porque não pode comer doce.

— Sobra mais pra mim — digo, distraída.

Os olhos de Adele se arregalam.

— Você estava falando com o Jacob? — Ela olha ao redor. — Ele está aqui com a gente?

E Jacob, em resposta, estica o braço e bate no vidro da janela com as juntas dos dedos. O vidro estremece um pouco, como se tivesse sido acertado por uma pedrinha.

Adele gira, e fico observando, meio achando graça, meio preocupada, enquanto Jacob embaça a janela e desenha na fumaça. Um sorriso.

Adele fica radiante.

— Que maneiro.

— Enfim — digo, tirando as fotos da bolsa da câmera. — Eu queria devolver isto. Desculpa por elas estarem meio sujas.

Estou sendo generosa quando digo "sujas".

Uma tem uma marca de pegada. A outra está quase rasgada ao meio.

Adele pega as fotos, pressionando-as contra o peito.

— Obrigada — diz ela, antes de tirar o sachê de sálvia e sal do bolso. — É melhor eu devolver isto — diz ela, oferecendo o saquinho.

— Pode ficar — digo.

— É — acrescenta Jacob, fungando.

Adele sorri e guarda o sachê.

— Acho que está na hora de nos despedirmos — digo.

— Não — diz Adele. — *À bientôt*.

— O que isso significa?

— Até logo.

Adele sorri, e tenho a sensação estranha de que ela tem razão.

Encontro meus pais do outro lado da rua, sentados à mesa externa de uma cafeteria, tomando café e comendo croissants. Jacob anda atrás de mim. Ele passou a manhã inteira quieto.

Na verdade, ele está quieto desde as Catacumbas ontem à noite. Desde antes disso. Sei que ele me escuta pensando nessas coisas, me preocupando com seu silêncio, mas não oferece uma explicação, e me forço a não perguntar. Ele vai falar quando se sentir pronto. Espero.

Afundo em uma cadeira diante dos meus pais e tento pegar o último pedaço do croissant no prato da minha mãe. Ela é mais rápida do que eu e o joga para dentro da boca com um sorriso maldoso. Então me entrega um saco de papel com um *pain au chocolat* inteiro lá dentro.

Dou um sorriso.

— *Merci* — digo com a boca cheia de pão.

Meu pai olha a hora no celular.

— Temos mais uma parada.

Fico confusa.

— Mas a equipe de filmagem foi embora. Achei que já tínhamos acabado.

— Não é pro programa — diz minha mãe. — Nada de Espectores hoje. Podemos ser só uma família normal.

Ao ouvir esse comentário, a boca de Jacob finalmente se curva em um sorriso fraco enquanto ele sussurra:

— *Para*normal.

CAPÍTULO 28

— Não dá pra vir a Paris sem visitar o Louvre — diz minha mãe enquanto atravessamos o pátio do palácio. — Simplesmente não é permitido.

É para lá que estamos indo: o Louvre, o museu enorme marcado pela pirâmide de vidro no fim do Tulherias.

O lugar é *gigantesco*. Há alas inteiras dedicadas a países e períodos históricos diferentes. Há estátuas e pinturas, tapeçarias e azulejos, esculturas e antiguidades. Fragmentos do passado. Poderia levar semanas, talvez até anos, para ver tudo, mas só temos algumas horas, então corremos de uma exibição para a próxima com os outros turistas. Em uma sala, uma multidão se aglomera ao redor de um quadro minúsculo, e, quando chegamos perto o suficiente, vejo que é a *Mona Lisa*. Sempre achei que ela fosse maior.

Jacob caminha ao meu lado, sem prestar muita atenção nas obras de arte, mas olhando além delas, através delas, para algum outro lugar. Pela milésima vez, desejo ser capaz de ler sua mente da mesma maneira como ele lê a minha.

Enquanto seguimos para o andar de baixo, sinto o *tap-tap-tap* dos fantasmas. O Véu oscila ao meu redor, mas é apenas quando chegamos à ala egípcia que entendo por quê.

— Está vendo essas marcas? — pergunta minha mãe, indicando o interior de um sarcófago. Ela balança os dedos. — Vieram das unhas de uma pessoa. Significa que ela foi enterrada *antes* de morrer.

— Credo — diz Jacob, e preciso concordar, feliz por já estarmos seguindo para um corredor com estátuas de mármore.

— É importante cuidar do passado — reflete meu pai enquanto andamos entre as exibições. — Pra revisitar, estudar e aprender. E compreender o passado nos ajuda a navegar pelo presente e descobrir o futuro.

E lembrar do passado nos ajuda a seguir em frente, penso. *Ajuda a deixarmos as coisas para trás.*

Jacob começa a se distanciar, primeiro um passo, então dois. Até eu olhar para trás e não enxergá-lo. Meus pais, de braços dados, param para observar uma estátua, e saio de perto deles, prometendo que já volto. Pela primeira vez, eles não reclamam.

Encontro Jacob sentado em um banco do outro lado do salão. Ele encara uma pedra dentro de um estojo, os entalhes na superfície quase desaparecendo.

— Oi — digo, parando ao seu lado.

— Oi — repete ele, olhando para a frente.

Ele fica quieto por um longo momento, então solta o ar, trêmulo.

— Cass — diz Jacob devagar. — Estou pronto pra te contar.

— Me contar o quê?

— O que aconteceu comigo.

Eu enrijeço. Sempre *quis* saber, mas também aceitei o fato de que Jacob não queria me contar. E dava para entender, na verdade... quem quer pensar na forma como morreu, em tudo que perdeu?

— Tem certeza?

Quando ele responde, sua voz é tão baixa que quase não escuto.

— Tenho.

Jacob olha para as próprias mãos sobre os joelhos, e nós dois enxergamos: a maneira como seus dedos se apoiam sobre a calça jeans. Ele não está tão transparente quanto costumava ser.

— Jacob — digo. — Se você não estiver pronto, não precisa...

Ele me interrompe.

— Eu lembro. Mas também sei que a única diferença entre eu e o Thomas é o fato de que ainda não esqueci.

— Mas essa *não* é a única diferença — lembro a ele. — *Você* também tem a *mim*.

— Exatamente — diz Jacob. — É por isso que vou te contar. Pra que, caso eu comece a esquecer, você possa me ajudar a lembrar.

Respiro fundo, nervosa.

— Tudo bem — digo. — Pode falar.

Ele passa as duas mãos pelo cabelo e as entrelaça atrás da cabeça. É uma pose que já fez um milhão de vezes, mas nunca com essa expressão. Séria e triste.

É impossível não pensar no menino que vi nos cacos do espelho, na outra versão de Jacob, perdido, cinza e flutuando. Mas este Jacob é diferente. Ele está bem ao meu lado, com os olhos fechados, a testa franzida, o corpo inteiro tenso contra a verdade, mesmo enquanto a pronuncia.

— Ellis Hale.

— Quem é esse? — pergunto.

— Eu. — Os olhos dele se abrem. — Quer dizer, esse é o meu nome, o restante do meu nome. Jacob Ellis Hale.

Jacob Ellis Hale.

É tão estranho, mas esses dois nomes extras o fazem parecer... real. O que é loucura, porque Jacob sempre foi real para mim. Mas também só o conheci como ele é agora, com seu cabelo loiro bagunçado, sua camisa de super-herói e sua calça jeans, constantemente, sempre...

— Morto — conclui ele por mim.

Esta é a primeira vez que escuto ele usar a palavra, e Jacob franze um pouco o rosto ao pronunciá-la, como se ela tivesse um gosto ruim.

— Eu nasci em Strathclyde, que fica no norte do estado de Nova York, mas nos mudamos pra Landing quando eu tinha oito anos.

Landing... é a cidade vizinha à minha, do outro lado do rio.

— Oitocentos e cinquenta e sete dias. Se você estiver contando, esse é o número de dias. E eu conto.

Não preciso dizer a ele que eu também conto, que noto todos os dias desde que eu (quase) me afoguei. Para mim, o número é 392. Nem sei por que faço isso; só acordo todos os dias sabendo quanto tempo faz.

Quanto a Jacob, faço as contas na minha cabeça, ou pelo menos tento (nunca fui boa em matemática), e ainda estou tentando chegar a uma conclusão quando ele diz:

— Dois anos e meio.

Dois anos e meio.

Isso significa que, se ele estivesse vivo, teria quase 15 anos. Eu sabia que Jacob era mais velho do que eu; só podia ser. Afinal, nós temos a mesma idade, só que ele morreu antes de eu me afogar.

— Mas, no fim das contas — diz ele —, eu não me *sinto* mais velho. Talvez seja uma coisa de fantasma.

— Talvez meninos demorem mais pra amadurecer — brinco.

Ele abre um sorriso desanimado.

— Desculpa — digo. — Continua.

Ele respira fundo lentamente, tomando coragem.

— Enfim, eu e os meus irmãos...

Irmãos. Família. Imediatamente penso em Thomas e Richard, no peso estranho que paira em torno de Jacob desde que descobrimos a verdade sobre a história do poltergeist.

— Você tem irmãos?

— Tenho. — Um brilho diferente surge em seus olhos. Seu sorriso é triste e doce ao mesmo tempo. — Dois. O Matthew tinha 16, deve estar mais velho agora. Provavelmente está na faculdade. E o Kit, o Kit me deixava doido. Ele só tinha sete anos a quando...

Jacob solta o ar, depois inspira com força, como se estivesse prestes a mergulhar fundo.

— O Kit tinha um boneco que adorava, o Skull, de *Skull & Bones*. Foi um presente meu no seu aniversário de sete anos, e ele carregava aquele boneco pra todo canto. Pra escola. Pra cama. Até pro banho. — Jacob ri baixinho. — Então a gente foi no rio, e é lógico que o Kit levou o boneco. Eu avisei pra não levar aquilo pra água. Disse que ia acabar perdendo. Mas irmãos caçulas... — Jacob balança a cabeça. — Nem sempre eles te escutam. Bastou uma onda pro Kit perder aquele boneco idiota.

"Eu estava nadando quando aconteceu. Parei pra tomar fôlego e vi o Kit sentado na areia, chorando. Saí da água, achando que ele devia ter se machucado. Ele estava tão nervoso. Deu um ataque imenso. Então fiz o que precisava ser feito. Voltei para a água."

Fecho os olhos enquanto ele fala, e é estranho, mas juro que consigo enxergar a cena: o rio, correndo rápido no verão. O irmãozinho de Jacob, encolhido nas margens. Não sei se é apenas minha imaginação, ou por estarmos conectados, mas, se for a segunda opção, esta é a primeira vez que nossa ligação mental funciona para os dois lados.

A primeira vez que consigo ver dentro da mente de Jacob.

A primeira vez que ele permite.

— O boneco era pesado — explica ele. — Tinha uns pesos dentro, pra conseguir andar dentro da banheira cheia, essas coisas. Então eu sabia que devia ter ido para no fundo do rio. Tive que mergulhar umas três ou quatro vezes antes de encontrar, mas, quando achei, ele estava preso embaixo de um galho ou coisa assim. Demorei um pouco pra conseguir soltar o boneco, e estava quase conseguindo quando... — Ele pigarreia. — Sei lá, Cass. Até hoje, não sei o que houve. A corrente deve ter ficado mais forte. Isso acontecia às vezes. Umas pedras e pedaços de madeira devem ter saído do lugar, seguido pelo rio. Só sei que alguma coisa bateu em mim, alguma coisa pesada, e o mundo só... parou. — Jacob engole em seco. — E foi assim.

Três palavrinhas.

A diferença entre a vida e a morte. Minha cabeça gira. Não sei o que dizer, mas preciso falar alguma coisa, e sei que *sinto muito* não bastaria.

Só conheci Jacob, o fantasma. O que isso significa é que só conheci Jacob a partir do momento em que ele entrou na *minha* história. Não pensei muito no fato de que ele tinha uma história própria. Uma vida inteira, por mais curta que tenha sido, antes de nos encontrarmos, antes de ele virar meu melhor amigo.

Agora, é como se ele ganhasse forma diante de mim, se tornando sólido. Vivo.

— Você tentou voltar pra eles? — sussurro.

— Você quer saber se eu tentei assombrar a minha família? — Jacob trinca os dentes. — Não. Eu... não podia. Não no começo. Não conseguia sair do rio.

É óbvio. Esse era o Véu dele.

— E aí, depois que eu conheci você e *consegui* sair... Fiquei... acho que fiquei com medo de ver a vida deles sem mim. Com medo de doer muito. Com medo de ficar preso lá. Como no Espelho de Ojesodo.

Engulo uma risada.

— Ojesed.

Esse é o espelho de Harry Potter que mostra o maior desejo de uma pessoa, mas Dumbledore alertou Harry de que as pessoas eram capazes de passar a vida inteira diante do reflexo.

Jacob abre um sorrisinho.

— É. Isso aí. — Ele olha pra baixo. — Eu devia ler esses livros.

— Devia mesmo.

Nós dois ficamos quietos depois disso.

Jacob terminou de falar, e não sei o que dizer. Estou triste por não saber da sua história antes. Estou feliz por saber dela agora. Por ele ter confiado em mim para contar isso, seu passado, sua verdade, as peças que o formam. E não importa o que acontecer, não vou deixar que ele esqueça quem foi, quem é. O que ele significa para mim.

Eu me apoio em Jacob, só até o ar resistir entre nossos ombros, e, desta vez, quando sinto o leve peso do seu corpo contra o meu, não sinto medo.

O seu nome é Jacob Ellis Hale, penso. *Você nasceu em Strathclyde, Nova York. Há dois anos e meio, você mergulhou no rio, e, no ano passado, me tirou de lá.*

Você é meu melhor amigo.

Na vida. Na morte.

E durante tudo que acontecer no meio do caminho.

CAPÍTULO 29

Pauline espera por nós no hotel, sentada em uma poltrona de veludo ao lado de nossas malas e da caixa de transporte de Ceifador.

Ela levanta quando nos vê, elegante como sempre em uma roupa branca e saltos pretos. E me entrega um pacotinho. Minhas fotos, reveladas por seu pai.

— O Monsieur Deschamp manda lembranças — diz ela. — Ele falou que você tem um olhar especial e que deve ter usado técnicas interessantes para conseguir os efeitos nas suas fotos.

Pressiono o envelope contra o peito. A verdade é que não tenho a menor ideia se minha câmera ainda funciona, se a mágica está em uma parte específica, como na lente original que perdi. Ou se ela é especial só por ser minha.

Só existe uma forma de descobrir.

Vejo as fotos enquanto meus pais fazem o check-out.

Entre as imagens "normais" está uma do meu pai e da minha mãe no Tulherias na nossa primeira noite, com o parque ao fundo, a luz levemente borrada, parecendo fogo. Então uma fotografia deles parados em uma ruela estreita, admirando uma vitrine cheia de *macarons*. A equipe montando as câmeras entre as criptas do Père Lachaise, e minha mãe em um banco, com as mãos abertas, enquanto conta a história no Jardim de Luxemburgo. A Ópera, com seu candelabro brilhante, antes de o cenário cair. Uma foto de Adele, sorrindo com o tubo branco de um pirulito na boca, no caminho para Notre-Dame. E, por fim, nossa primeira visita às Catacumbas, a galeria vazia que leva aos túmulos, e então túneis e túneis cheios de ossos.

Sinto orgulho dessas fotos. Elas são exatamente o que meus pais pediram, uma visão dos bastidores do programa.

Mas as fotografias paranormais, as que eu tirei *atrás* do Véu, são outra história. Algo a mais. Eu estava com medo de a lente nova não funcionar, mas parece que a mágica da câmera não se resume a uma única peça.

Na verdade, as imagens parecem mais nítidas.

O Tulherias, as Catacumbas, o cemitério Père Lachaise — eles aparecem com seus tons de cinza fantasmagóricos, as imagens desbotadas, com pouca exposição, mas visíveis. O palácio, contornado de branco pelo calor absurdo do incêndio. Os túneis, completamente escuros se não fosse pelo leve brilho da lamparina, o olhar vazio de um crânio.

Também há a série de fotos que tirei da janela do meu quarto, quando Thomas apareceu na rua lá embaixo. Eu me lembro de vê-lo em detalhes, parado ali, com seus olhos vermelhos virados para cima. Porém, na foto, a rua parece vazia, a calçada marcada apenas pelo fantasma de um fantasma de um fantasma, sombras sobre sombras, tão leve que ninguém mais perceberia.

E então há a foto que tirei de Jacob, sentado em cima do anjo quebrado no Père Lachaise. A estátua é formidável em preto e branco, mas o ar acima do seu ombro não está vazio. Em vez disso, ele se curva como a fumaça de uma vela, como os resquícios de um flash quando você pisca, uma aparição delineada nos galhos mosqueados entre o túmulo e o céu.

Ela exibe o formato de um menino, com um joelho dobrado, o rosto capturado no momento em que virava.

Não há dúvida de que Jacob também está ficando mais nítido.

Ele se aproxima de mim, e guardo as fotos de volta no envelope antes que me alcance. Pauline também está vindo. Ela me dá dois beijos, um em cada bochecha.

— Foi um prazer te conhecer, Cassidy.

— Bom, Pauline — pergunta meu pai —, convencemos você a acreditar em alguma coisa?

Ela olha para mim, a boca se curvando em um sorrisinho.

— Talvez — diz ela. — Admito que o mundo não se limita só ao que conseguimos enxergar.

Pegamos nossas coisas, nos despedimos do hotel Valeur (e da recepcionista, que parece bem feliz por estarmos indo embora) e saímos para o sol de Paris.

Enquanto seguimos para o metrô, olho para a calçada e me lembro de quantas histórias e quantos segredos estão enterrados sob nossos pés.

— Se vocês tivessem que resumir Paris em uma palavra — pergunta minha mãe —, qual seria?

Meu pai pensa um pouco, então diz:

— Impressionante.

— Encantadora — rebate minha mãe.

— Assombrada — oferece Jacob, seco.

Reflito por um momento, mas, no fim, encontro a palavra perfeita.

— Inesquecível.

Enquanto esperamos o metrô para o aeroporto, Jacob anda de um lado para o outro da plataforma. Fico observando ele se divertir, batendo no balão de uma criança, enfiando uma mão dentro do amplificador do músico apoiado em uma pilastra, tocando guitarra. Ele parece mais feliz, mais leve, depois de compartilhar sua história. Eu me sinto um pouco mais pesada depois de ouvi-la, mas tudo bem. É assim que amizades funcionam. Você aprende a dividir fardos.

Enfio as mãos nos bolsos da calça jeans e sinto a ponta de algo sólido e quadrado. Puxo o objeto e fico paralisada. É o cartão de memória que roubei da pasta de filmagens, com a etiqueta CAT de Catacumbas. Meu coração dispara enquanto olho para meus pais, que estão a alguns metros de distância de mim, conversando. Vou até a lixeira mais próxima e jogo o cartão lá dentro.

É então que vejo o homem.

Ele está parado na plataforma oposta, com o abismo dos trilhos nos separando, e a primeira coisa que noto é a sua imobilidade em meio ao mar de pessoas.

Ele parece uma sombra fina de terno preto. Suas mãos estão cobertas por luvas brancas, e a aba de uma cartola preta cobre seu rosto.

Até ele erguer a cabeça. Então vejo que não é seu rosto que está coberto, mas uma máscara. Lisa e branca feito osso. Um calafrio percorre meu corpo, porque os contornos e ângulos são iguais aos que vi milhares de vezes nas Catacumbas.

A máscara é um crânio.

Em algum lugar atrás das órbitas vazias devem estar seus olhos, mas não consigo vê-los. É como se ele estivesse usando uma segunda máscara por baixo da primeira, completamente escura, apagando todos os seus traços.

Meus dedos vão para a câmera pendurada em meu pescoço. Não consigo tirar os olhos dele.

O homem destoa tanto dos turistas cheios de malas e roupas de verão que, a princípio, penso que deve ser um artista de rua, um desses que ficam completamente imóveis até você colocar uma moeda em seu pote. Porém, se ele está se apresentando, ninguém parece perceber. Na verdade, as pessoas na plataforma se movem ao seu redor como água correndo em volta de uma pedra. Como se nem o *vissem*.

Mas eu vejo.

— Jacob — sussurro, mas ele está longe demais.

Levanto a câmera para tirar uma foto, mas, quando faço isso, o homem me encara. Ele leva uma mão enluvada à máscara, e, de repente, não consigo me mexer. Meu corpo está congelado, minhas pernas pesam, e, quando ele puxa a máscara, só enxergo escuridão.

Minha visão embaça, meus pulmões se enchem de água fria.

O metrô desaparece, a plataforma se dissolve sob meus pés, e eu caio, despencando, batendo na escuridão gélida.

Tudo some.

E depois volta. O mundo se enche de som, de vozes preocupadas, de luz fluorescente. Estou no chão, ofegante, e sinto como se estivesse prestes a cuspir água de rio. Mas há apenas ar e o chão duro e frio da plataforma embaixo de mim.

Jacob está ajoelhado de um lado, e meu pai do outro, me ajudando a sentar. Minha mãe digita um número no telefone, seu rosto apavorado. Nunca a vi com medo. Não de verdade. Outras pessoas estão se aglomerando, murmurando baixinho em francês, e fico vermelha, subitamente com vergonha.

— O que aconteceu? — pergunto.

— Você desmaiou — respondeu meu pai.

— Caiu feito uma pedra — acrescenta Jacob.

Como se o chão tivesse desaparecido.

Como se eu estivesse caindo.

— Não tem sinal — murmura minha mãe, seus olhos brilhando de lágrimas.

— Acho que ela está bem — diz meu pai, levando uma mão ao braço dela antes de se virar para mim. — Ei, filha. Você está bem?

Eu levanto e deixo minha mãe me abraçar. Passo os próximos minutos garantindo aos meus pais (e a Jacob) que estou bem, que só fiquei tonta, que não me machuquei, que a única coisa que sinto é vergonha. E esta última parte, pelo menos, é verdade. Meu joelho dói por ter batido no chão, e tenho uma sensação estranha no peito.

Então eu lembro. Meu corpo enrijece, meus olhos imediatamente indo para o local onde a sombra estava na plataforma oposta. Mas o homem de terno preto com cartola e a máscara de crânio desapareceu.

Engulo em seco, ainda sentindo o gosto do rio. Jacob segue meu olhar pela plataforma, lendo meus pensamentos, minhas dúvidas.

Você viu ele?, pergunto.

Jacob balança a cabeça.

— Quem era?

Eu... não sei.

Mas não importa a identidade daquele cara, ele foi embora, assim como a sensação de tontura, de desmaio. E, sim, foi esquisito. Mas não foi a coisa mais esquisita que aconteceu comigo neste ano... nem neste mês... nem nesta semana.

Meus pais ainda prestam atenção em mim, me lançando olhares preocupados, prontos para me segurar caso eu caia. Mas me sinto bem agora. De verdade. Preciso me lembrar de falar com Lara sobre isso mais tarde.

Quando o metrô chega à estação, tudo que aconteceu parece um sonho distante, bobo e estranho. Deixo o assunto de lado, no fundo da mente, enquanto as portas se abrem e embarcamos. A família Blake: dois pais, uma menina que vê fantasmas, seu melhor amigo morto e um gato bastante emburrado.

Jacob se apoia em uma das malas, eu me apoio na minha mãe, e meu pai coloca uma mão na minha cabeça enquanto as portas deslizam e fecham para a plataforma, e para Paris.

O metrô sai da estação em direção ao túnel escuro, e ajeito a câmera no meu ombro, ansiosa por tudo que ainda vai acontecer.

Este livro foi composto na tipografia Sabon LT Std
em corpo 11/17, e impresso em
papel Pólen Soft no Sistema Cameron da
Divisão Gráfica da Distribuidora Record.